चन्दन पाण्डेय

चन्दन पाण्डेय का जन्म 9 अगस्त, 1982 को देवरिया, उत्तर प्रदेश में हुआ। उनके तीन कहानी-संग्रह—'भूलना', 'इश्क़फ़रेब' और 'जंक्शन' व दो उपन्यास—'वैधानिक गल्प' और 'कीर्तिगान' प्रकाशित हैं। कहानी-संग्रह 'भूलना' का पंजाबी अनुवाद 'रेखाचित्तर विच्च धोखे दी भूमिका' नाम से तथा उपन्यास 'वैधानिक गल्प' का अंग्रेज़ी और पंजाबी अनुवाद क्रमशः 'लीगल फ़िक्शन' और 'क़ानूनी क़िस्सा' शीर्षक से प्रकाशित है।

चन्दन 'अमर उजाला छाप सम्मान', 'विजयमोहन सिंह स्मृति युवा कथा सम्मान', 'स्वयं प्रकाश स्मृति सम्मान' भारतीय ज्ञानपीठ के 'नवलेखन पुरस्कार', 'शैलेश मटियानी कथा पुरस्कार', 'कृष्ण बलदेव वैद फ़ेलोशिप' और 'वनमाली युवा कथा सम्मान' से सम्मानित हैं।

ई-मेल : chandanpandey1@gmail.com

चोट

चन्दन पाण्डेय

राजकमल पेपरबैक्स

राजकमल पेपरबैक्स में
पहला संस्करण : 2024

राजकमल पेपरबैक्स : उत्कृष्ट साहित्य के जनसुलभ संस्करण

राजकमल प्रकाशन प्रा. लि.
1-बी, नेताजी सुभाष मार्ग, दरियागंज
नई दिल्ली-110 002
द्वारा प्रकाशित

शाखाएँ : अशोक राजपथ, साइंस कॉलेज के सामने, पटना-800 006
पहली मंजिल, दरबारी बिल्डिंग, महात्मा गांधी मार्ग, प्रयागराज-211 001
1, अनमोल सोराबजी सन्तुक लेन, धोबी तलाव, मरीन लाइंस, मुम्बई-400 002

वेबसाइट : www.rajkamalprakashan.com
ई-मेल : info@rajkamalprakashan.com

यश प्रिंटोग्राफिक्स
नोएडा-201 301 (उत्तर प्रदेश)
द्वारा मुद्रित

मूल्य : ₹250

CHOT
Stories by Chandan Pandey

ISBN : 978-93-6086-215-2

आपके लिए

क्रम

चोट

बुधवार की बात है, अनिरुद्ध जाँच समिति के समक्ष उपस्थित होने की अपनी बारी का इन्तजार कर रहा था। चौथी मंजिल पर जहाँ वह बैठा था उसके ठीक सामने पारदर्शी शीशे की दीवार थी। दफ्तर की यह दीवार इतनी साफ-शफ्फाक थी कि मई महीने की जलती लू भी भीतर आ जाना चाहती थी। शीशे की दीवार ने दोपहर की तपिश के रंग को जरा हल्का कर दिया था।

जाँच समिति के सामने उपस्थित होने की उत्कंठा परेशान किये हुए थी। शायद इसलिए अनिरुद्ध दीवार के बाहर और भीतर की जानी-पहचानी दुनिया के किसी भी बिन्दु पर ध्यान केन्द्रित नहीं कर पा रहा था। उसने देखा कि दूर से एक कबूतर बदहवास, तेज रफ्तार उड़ता आ रहा है। वह कबूतर के पास आने को महसूस कर रहा था कि अगले ही पल, बिजली की गति से जैसे, पटाक की आवाज के साथ वह पक्षी शीशे की दीवार से टकराकर नीचे कहीं गिर गया। यह सोचते हुए कि कबूतर ने पारदर्शिता को भाँपने में गलती कर

दी थी, वह दीवार तक इस उम्मीद में आया कि देख सके, कबूतर कहाँ गिरा पड़ा है?

उसे चित्र बनाने के आरोप में तलब किया गया था।

जिस बोर्ड रूम में जाँच समिति बैठी थी वहाँ से राजेन्द्र नगर मेट्रो स्टेशन साफ दिखता था। कमरे में प्रवेश करते ही मेट्रो स्टेशन पर लगी उन दो होर्डिंग्स पर ध्यान गया था जिनमें पहली होर्डिंग, जो बड़े आकार की थी, उस पत्रिका का विज्ञापन कर रही थी जिसमें अनिरुद्ध नौकरी करता था। यह साप्ताहिक बदलने वाली होर्डिंग थी और अनेक मर्तबा इस पर प्रकाशित चित्र खुद अनिरुद्ध के बनाए होते थे। इस होर्डिंग का बैनर हर बुधवार को बदला जाता था। दूसरी होर्डिंग पर जूतों के एक कम्पनी का विज्ञापन था।

जाँच समिति में कुल तीन सदस्य थे। पत्रिका के सम्पादक शिव शुक्ल, जिन्हें अल्शीशियन कुत्तों की तरह, बोलते हुए पीछे हटते जाने की आदत थी। तारकेश मिश्र, जो एच आर विभाग के सर्वेसर्वा थे और स्वादानुसार खुद को कभी ब्राह्मण और कभी भूमिहार बताया करते थे। तीसरी थीं, दया महनसारिया। ये कम्पनी की चीफ फाइनेंस ऑफिसर थीं और इनकी ख्याति के कारण प्रबन्धन ने इन्हें मोटी तनख़्वाह पर दूसरी इंडस्ट्री, जिसका मीडिया से कोई इत्तफाक नहीं था, से बुलाया था। इनकी ख्याति 'कॉस्ट कटिंग' के नाम पर नौकरियाँ छीनने में इनके अव्वल होने की थी।

अनिरुद्ध को जब जूते का चित्र बनाने के आरोप में आचरण समिति का पहला ईमेल आया था, तभी उसे अपनी नौकरी पर लटकती तलवार दीख गई थी।

नौकरी के बँधुआ जीवन में उसका मन रमता हो, यह भी हकीकत से दूर की बात थी। नौकरी अगर कोई नदी थी तो अनिरुद्ध उसमें उतराता एक जीव था जो बाहर आ जाना चाहता था। ऐसा भी नहीं था कि इस नौकरी से उसका जीवन पहिये पर चल रहा हो।

ना।

तनख्वाह इतनी कम थी कि उसका जीवन अभावों की रस्सी पर गुजर रहा था। कभी-कभी बेचैन होकर वह पत्नी, भैरवी, से अबोले की स्थिति की धन्यवाद देने लगता था, वरना इतने कम पैसों की वजह से छीजते जीवन और जरूरतों के अम्बार में उनका जीना मुहाल हो जाता।

अपनी बेटी पर न्योछावर रहने वाला अनिरुद्ध जब उसकी मामूली इच्छाओं की पूर्ति नहीं कर पाता था उस दिन वह अपनी कॉपी में ऐसे चित्र बनाता जिसमें एक मनुष्य और चाकू हुआ करते थे। गुत्थम-गुत्था। कुछ समय पहले एक ऐसा ही चित्र जब इसने सुमित्रा को दिखाया था, उसकी सहकर्मी, उसकी दोस्त, इकलौता ऐसा मनुष्य जिससे मिलना अनिरुद्ध को अच्छा लगता था, तब सुमित्रा ने कहा था कि चाकू इतना मुर्दाया हुआ क्यों है? अगले एक भिन्न चित्र में अनिरुद्ध ने चाकू का भोथरापन तो कम नहीं किया था, अलबत्ता उसकी बेंट पर 'नौकरी' लिख दिया था। अनिरुद्ध अकसर अपने मन में लिखता था कि जिन्दगी और नौकरी दोनों ही उसे मार देना चाहती हैं।

जाँच समिति के लोगों ने उसे यों देखा जैसे वह कोई अपरिचित हो। इसने इशारों से नमस्कार किया था जिसके जवाब में तारकेश मुस्कुरा सके थे। नमस्कार के जवाब में दया ने तू-तड़ाक पर उतरते

हुए आदेशात्मक प्रश्न पूछा था, "तुम अगर स्वीकार कर लेते हो कि जूतों के चित्र तुम वरिष्ठ सहकर्मियों का अपमान करने के इरादे से बनाया करते थे तब कम्पनी तुम्हारी स्थिति को देखते हुए इस बात पर विचार कर सकती है कि सजा में रियायत बरती जाए।"

अनिरुद्ध ने इस मुलाक़ात की जितनी भी सम्भावनाएँ अपने मन में रची थी, उनमें से एक भी इस अकस्मात हमले से मेल नहीं खाती थी। वह चालीस की उम्र को छू रहा था। सामने वाले के मन में इस उम्र के लिए सम्मान न हो, सामने वाले के मन में इस वय के मनुष्य के मुश्किलों का भान न हो लेकिन वह खुद तो अपना सम्मान कर सकता था, इसलिए उसने जवाब दिया, "कौन से चित्र?"

यह जवाब सुनते ही जाँच समिति के सदस्यों ने एक साथ सीत्कारी ली थी। सम्पादक शिव शुक्ल ने पसीजती हुई अंग्रेजी में कहा, "हरामजादा, तैयार होकर आया है।" अनिरुद्ध ने अपनी डायरी में यह वाक्य लिखा और आग्रहपूर्वक लेकिन अपनी गरिमा बनाए रखते हुए अन्दाज में कहा, "आपको मुझे 'बास्टर्ड' नहीं कहना चाहिए।"

जवाब में उस सम्पादक ने तमकते हुए कहा, "और आपको जूतों के चित्र बनाना चाहिए? और आपको जूतों के चित्र इस अन्दाज में बनाना चाहिए कि लगे जैसे जिसके लिए चित्र बनाया गया है वह अपने-आपको जूता मार रहा है? आपको यह सब करना चाहिए?"

अनिरुद्ध को अपनी नौकरी, अपना परिवार और सबसे बड़ी बात अपना सम्मान दिख रहा था इसलिए उसने फिर कहा, "कौन से चित्र?"

वह जानता था कि सहकर्मियों के बीच इन चित्रों की बात करते हुए उसने इतना कुछ कहा है कि उसका दशांश भी प्रबन्धन और जाँच समिति के पास पहुँचा हो तब वह सब निर्णायक हो सकता है। वह इस बात से परिचित था कि प्रबन्धन में मौजूद कई लोग यह जानते थे। लेकिन कभी किसी ने कुछ नहीं कहा। कई दफा लोग मज़ाक में पूछते थे कि उनके नाम का जूता कब बना रहे हो? आज लेकिन, अनिरुद्ध यह नहीं जानता था कि दो वर्षों का यह पुराना सिलसिला अब नासूर क्यों बन रहा है? ऐसी मुश्किल परिस्थिति में होकर भी अनिरुद्ध ने अपनी कम्पनी को यह सोचकर माफ कर देना चाहा कि लगातार घाटों से आर्थिक मोर्चे पर डावाँडोल होना भी कोई वजह तो नहीं?

एच आर हेड तारकेश ने अलबत्ता अपना सुर वही रखा जिस तरह वह आम दिनों में बात करता था। उसका कहना था, "अनिरुद्ध आप कलाकार हैं। अगर किसी के उकसावे में आकर यह चित्र बनाए हों तब उनका नाम बता दीजिए। आप तो कम्पनी के धरोहर हैं, आपके साथ कुछ गलत नहीं होगा।"

इससे पहले कि अनिरुद्ध कुछ जवाब देता, शिव शुक्ल ने फिर अपनी अंग्रेज़ी चाभी चढ़ाई और कहा, "तो तुम हमलोगों से खेलना चाहते हो?" यह कहते हुए उस सम्पादक ने अपनी फाईलें निकालनी शुरू कर दी थीं। उन्हें मेज पर जमाते हुए उनमें से एक-एक कर बीसियों चित्र, जो कि पत्रिका के पुराने अंकों की कतरन थे, मेज पर पसारना शुरू कर दिया था।

अनिरुद्ध ने चुप रहना मुनासिब समझा लेकिन उसे तारकेश की बात समझ आ रही थी। अनिरुद्ध समझ रहा था कि प्रतिरोध

के जिस भाव को इसने चित्रों में रखा था, साथी संवाददाताओं और उपसम्पादकों की भावनाओं, उनके क्रोध को जो भरसक सूरत देने की कोशिश की थी, वही बात प्रबन्धन सुनना चाहता है। जाँच समिति शिकार पर निकल चुकी थी और उसे नाम चाहिए थे। अनिरुद्ध इस बात पर यकीन नहीं कर पा रहा था कि रोजाना उसके साथ काम करने वाले लोग, उससे मिलने-जुलने वाले लोग उसके लिए जीवन-मरण की स्थिति खड़ी कर देंगे।

उसके तपते हुए मन में आया कि इन तीनों से आज्ञा लेकर इनके मुँह पर थूके लेकिन उसका भी ध्यान उन चित्रों पर चला गया था जो मेज पर किसी बिसात की तरह बिछाए गए थे। जब शिव ने पहला चित्र उठाकर किसी सबूत की तरह दिखाया, मानो अदालत में दिखा रहा हो, तब अनिरुद्ध को इनकी तैयारी का अनुमान लगना शुरू हुआ।

शिव मिश्र ही मोर्चा सँभाले हुए थे। प्रश्नों की बौछार थी। चित्र दिखाते हुए पूछ रहा था, "कह दो कि इसे तुमने नहीं बनाया है? जबकि तुम्हारे हस्ताक्षर की चिड़िया यहाँ किनारे में बैठी हुई है।"

उसने वह पृष्ठ पहचानने का अभिनय किया जबकि उसे देखते ही अनिरुद्ध को सब कुछ याद आ गया था। अपने इस नामुराद जीवन के उस बेशकीमती और सुनहरे दौर को वह इस घुटन-भरे माहौल में याद नहीं करना चाहता था। वह जानता था कि सुमित्रा के संग-साथ की स्मृति उसे कमजोर कर सकती है। शिव मिश्र को लग रहा होगा कि उनके उल-जुलूल बोलने से अनिरुद्ध अपमानित होकर अपना अपराध कबूल कर लेगा। मामला लेकिन उल्टा था।

शिव मिश्र के लगातार बोलने से अनिरुद्ध को मोहलत और राहत मिल रही थी।

शिव बाबू की शाब्दिक जुगाली जारी थी, "कह दो कि तुमने जिसके कहने पर यह चित्र बनाया होगा, वह और तुम इस कल्पना पर नहीं हँसे होगे कि जब वह सम्पादक, जिससे नाराज होकर यह चित्र बनाया होगा, इसे देखेगा तब यह जूता उसके मुँह पर पड़ने जैसा होगा... कह दो। यह भी कह दो कि तुम चित्रकारी और साहित्यिक पत्रकारिता की आड़ में बेहयाई नहीं कर रहे थे। कह दो कि तुम दोनों ने इसकी कल्पना नहीं की थी कि यह जूता स्वत: ही उसके मुँह पर उछलकर लग जाएगा जिसे ध्यान में रखकर तुमने इसे बनाया था...कह दो ना, कहते क्यों नहीं। बोलो, बोलो।"

अनिरुद्ध ने इस पूरे भाषण में से एक शब्द फिर अपनी डायरी में टाँका : बेहयाई। वापस उनसे पूछा, "मैं नहीं समझ पा रहा हूँ कि मेरा अपराध क्या है और मुझे जाँच समति ने किसकी शिकायत पर बुलाया है। मैं आपकी पत्रिका में बतौर इलस्ट्रेटर ही कार्यरत हूँ। चित्र बनाना ही मेरा काम है। मैं नहीं जानता कि क्यों आप मेरे कुछ चित्रों को तूल दे रहे हैं।"

दया : "यहाँ, इस समिति की कार्रवाई के दौरान, कुछ भी जानने का अधिकार हमारा है, तुम्हारा नहीं।"

तारकेश : "शिकायतकर्ताओं के नाम गोपनीय रखे जाते हैं। आप पर आरोप है कि जूते का चित्र बनाकर उसे सम्बन्धित अधिकारियों के सामने रखने के बाद आप कर्मचारियों के बीच यह बात फैलाते थे कि आज आपने अमुक सम्पादक या तमुक अधिकारी के मुँह

पर जूता मार दिया। कइयों ने इस बात की तसदीक की है। इनमें से कई ऐसे रहे होंगे जिनके कहने पर आपने यह चित्र बनाए होंगे लेकिन आज आपको उन सबने अकेला छोड़ दिया है। मैं अब भी कहता हूँ, आप उन सबके नाम बता दें, हम आपकी नौकरी पर आँच भी नहीं आने देंगे।"

शिव : "तुम तो पहले इस चित्र के बारे में बताओ। यह बगल की कविता मेरी लिखी हुई है। इसका इलस्ट्रेशन बनाते हुए तुम्हें यह क्यों लगा कि जूते और हारमोनियम का चित्र बनाया जाना चाहिए। अब तो वो तुम्हारी तथाकथित दोस्त भी कम्पनी में नहीं है, जिसके कहने पर तुमने मुझे मारने के लिए जूते का यह चित्र रचा होगा, इसलिए तुम्हें ही इसके तर्क समझाने होंगे।"

अनिरुद्ध ने इन सबको एक भावुक वाक्य से चुप कराना चाहा कि जूते से चोट की बात दीगर है लेकिन जूते के चित्र से कैसे किसी को चोट लग सकती है। उसने यह भी कहा कि उसे नाहक परेशान किया जा रहा है।

शिव अपने प्रश्न पर टिका रहा था।

सामने जो चित्र था वह दरअसल स्मृतियों का समुद्र था, जिसे देखते ही अनिरुद्ध को उसमें डूब जाना था।

सुमित्रा। वार्षिकांक की तैयारी में जुटी सुमित्रा से उन दिनों उसकी दोस्ती नई-नई थी। बिलकुल नई-नई। जैसे कोई नया अंकुरण होता है जिसे देखकर पुराने अंकुरित बीज याद नहीं आते बल्कि एकदम नयेपन का, कोमल कुछ घटित होने का एहसास होता है।

सब कुछ इतना नया था कि उनके सम्बोधन में भी एक दूरी का एहसास बना रहता था।

उसे चित्रकारी पसन्द थी और यही उनकी दोस्ती का कारण बना था लेकिन वे दोनों मिजाज से इतने मिलते-जुलते थे कि उसे अगर चित्रकारी के बजाय कविता पसन्द होती तब भी वे मिलते। तब भी वे दोस्ती करते। अगर अनिरुद्ध ने उससे एक झूठ न बोला होता तब भी वे दोस्ती की राह पर टिके रहते।

वह झूठ उसके शादीशुदा होने का था।

वे दोनों एक-दूसरे को देख चुके थे और हर निगाह में उन्हें यह एहसास होता था कि उनके सितारे एक-दूसरे को छूकर गुजरने वाले हैं। अनिरुद्ध अपनी धुन जानता था कि बेरोजगारी और अर्धरोजगारी ने उसके जीवन से प्रेम जैसे तत्त्वों को ध्वस्त कर दिया है। उसे अपना जीवन किसी बहुत बड़ी इमारत की परछाईं लगता था जो परछाईं अपने वजूद में ध्वस्त इमारत सरीखी लगती थी। वह कल्पना करना चाहता था कि उसका जीवन अगर सम्पन्न होता तब उनका दाम्पत्य कैसा और कितना चमकदार होता। कुछ हद तक स्वप्न उसका साथ देते, एक सुखमय जीवन उसके सामने तैरता और फिर वे स्वप्न उसे अकेला छोड़ जाते थे।

अबोले को उस दम्पती ने टाट की तरह सजा रखा था। लाचारियों के खिलाफ। एक-दूसरे की लगातार आलोचनाओं से चलकर वे दोनों इस अबोले के द्वार तक आए थे। आलोचना अब हरकतों से होती थी। अपने जीवन से वह इस कदर पराजित था कि जब सुमित्रा का भाव इस पर गहराने लगा था तब बाज मर्तबा अनिरुद्ध को लगता था

कि कोई मज़ाक है, जो इसके साथ होने वाला है। बिलकुल पहली मर्तबा इनकी बातचीत तब हुई थी जब अनिरुद्ध की डेस्क के पास से रोने की आवाज आई थी। स्त्री की रुलाई। सिसकी।

सुमित्रा थी।

अनिरुद्ध से पहले उस तक दो साथी पहुँचे थे और दोनों ने बॉस को भला-बुरा कहना शुरू किया था। अनिरुद्ध ने पानी की अपनी जूठी बोतल आगे बढ़ाते हुए कहा था, "बड़ी उम्र के लोगों को रोना नहीं चाहिए।" सान्त्वना का एक शब्द नहीं। इस वाक्य के बाद भी वह कुछ देर तक रोती रही थी। उस दिन वह बात वहीं बीत गई थी लेकिन अगले दिन कैंटीन में जब वे लोग अपनी-अपनी टिफिन का ठंडा खाना अकेले-अकेले खा रहे थे तब सुमित्रा अपनी कुर्सी से उठकर अनिरुद्ध तक चली आई थी। बैठते हुए कहा था, "बड़ी उम्र के लोगों को नियमित रोना चाहिए। इससे वर्तमान का प्रभाव का कम होता है।"

इस वाक्य से ठीक पहले उन दोनों ने मुस्कुराकर एक दूसरे के दिल में जगह बनाई थी।

इस याददिहानी पर दोनों हँसे थे और प्रथम संवाद के गलियारे से गुजरते हुए बात रोने की वजह तक पहुँच गई थी। वजह यही सम्पादक था। उसने अपनी कविता पर राय माँगी थी। सुमित्रा ने बताया था कि उसने सब अच्छा-अच्छा ही कहा था लेकिन शिव शुक्ल ज़ोर देकर कमियों की बाबत पूछता रहा। इस ज़ोरदारी के फेर में आकर सुमित्रा ने कह दिया था कि नरेन्द्र मोहन की कविताओं सरीखी है, बेवजह की स्फीति लिये हुए। यह सुनने के बाद शिव शुक्ल ने अपनी मीठी आवाज में सुमित्रा का भरपूर अपमान किया था।

वाक्य-दर-वाक्य जहर बिंधे थे। जैसे उसकी कॉपी बेहद खराब लिखी हुई होती है, जैसे उसके काम में अनेक गलतियाँ होती हैं, जैसे उसकी नौकरी भी किसी भाँति उसे मिली थी, उसका साक्षात्कार बेहद खराब हुआ था। अनेक बातें।

अनिरुद्ध जब सुमित्रा की ये बातें सुन रहा था तब उसे अपना जीवन भी याद आ रहा था। दफ्तर के लोगों ने मान लिया था कि शिव शुक्ल के साथ रहना है तब अपमान सहने की आदत डालनी होगी। वह आदत इस कदर गहरी हो गई थी कि किसी के अपमानित किये जाने की कभी कोई चर्चा नहीं होती थी। क्या ताज्जुब है कि चर्चा-भर न होने से अपमान की घटनाओं को गुजरा हुआ मान लिया जाता था। जैसे उन गालियों का, अपमानसूचक शब्दों का अपना कोई निर्दिष्ट प्रभाव ही न हो! उस दिन जब सुमित्रा अपनी बीती बयान कर रही थी तब उसे लगा था कि दफ्तर में कितना कुछ बुरा घट रहा है, तब उसे लगा था कि अगर हर कोई अपने-अपने बॉस द्वारा किये गए अपमान की बाबत सुनाने लगे तब असन्तोष किसी काले बादल की तरह सब पर पसर जाएगा।

अनिरुद्ध ने बेसाख्ता कहा था और उसे अपना कहा ही हैरान कर गया था क्योंकि खुद के निरन्तर अपमानित जीवन का जो सौदा उसने बाईस हजार की तनख़्वाह से कर रखा था उसमें अपने लिए कभी यह विचार उसे नहीं आया था। वह अपने पर गुजरी गलाजत को दूसरों से तो क्या खुद से भी नहीं कहता था। जीवन से लड़ने का एक तरीका यह भी था कि वर्तमान को जल्द से भी जल्द तारीख के खाँचे में डालते चलो।

उसने कहा था, “जूते मारती साले को।”

सुमित्रा उस दिन धूसर रंग की सैंडल पहने थी, उसे देखते हुए कहा था, “यह कहाँ सम्भव है।” और दोनों हँसने लगे थे।

लेकिन सम्भव हुआ। सुमित्रा का साथ उसे इतना प्यारा किन्तु इतना अकस्मात लग रहा था कि वह इसे बीतने नहीं देना चाहता था। उस लम्हें को थामे रखने के लिए जरूरत थी कि एक समूह की तरह रहा जाए। कुछ यों किया जाए कि आपसदारी का भाव मन की गहराई तक पैठे।

खाने की उसे मेज पर यह योजना बनी कि ऐसे नीच सम्पादक और प्रबन्धकों को जूते की तसवीर पेश की जाए। खासकर जूते का तल्ला। कि अगर वे चाहें तब सोच सकें कि किसी को मारने के लिए यह जूता बनाया गया है। अगर काबिल हुए तब यह भी सोचें कि यह जूता उनकी तरफ चला है। ऐसा सोचते ही वे अधिकारी चित्रित जूते के वार से बचने के लिए एक बार किनारे झुकेंगे, सम्भव है कि प्रतीकात्मक चोट से उबरने के लिए अपने चेहरे को भी सहलाएँ। जूते की तसवीर पर उनका ठिठक जाना, झुक जाना और उसे देखते हुए अपने माथे या गाल तक हाथ ले जाना ही हमारी सफलता होगी।

इस योजना पर सुमित्रा ने कहा था, “बकवास।”

उसके बकवास कहने पर अनिरुद्ध ने कहा था, “तंगनजरी।”

उसके तंगनजरी कहने पर सुमित्रा ने कहा था, “कैसे? सिर्फ चित्र-भर बना देने से जूता मारना हो गया?”

उसके कैसे के जवाब में अनिरुद्ध ने कहा था, “वो ऐसे कि सिर्फ बोल-भर देने से गाली बुरी लगती है न, मोहतरमा!

वे शब्द आपको छू तो नहीं जाते। दूसरी तरफ, हम दिन-भर और देर रात तक काम करते हैं, बचे समय में भी दफ्तर ही खयालों में गूँजता है फिर भी प्रबन्धन को लगता है कि हमलोग निठल्ले हैं, निकम्मे हैं। है ना? इसे अगर उलटकर देखें तब यह कहा जा सकता है कि प्रबन्धन अगर आपके बारे में सोचता है कि आप निकम्मे हैं इसका मतलब है कि तयशुदा काम आप कर रहे हैं। इस तरह अगर प्रबन्धन यह सोचता है कि चित्र के जूते से उसे चोट 'नहीं' लगी इसका मतलब है कि असर हुआ है, चोट लगी है।"

सुमित्रा देर तक सोचती रही थी। उस मग्न अवस्था में सुमित्रा को देखना अनिरुद्ध के लिए मनुष्य को देखने का एक अलहदा अनुभव था।

अगर तारकेश ने अपना सवाल तिहराया न होता कि उन लोगों के नाम लिखित में दे दो जिसके कहने पर जूतों के चित्र बनाए तब अनिरुद्ध को इस चित्र के बजाय चित्र की स्मृतियों में ही रहना था। तन्द्रा टूटी तब उसने खुद को जवाब देता हुआ पाया, "आपकी कविता में राग और कदमों का जिक्र है, इसलिए हारमोनियम की लय पर चलते हुए जूते का चित्र बनाया है।"

शिव शुक्ल इस सफाई को अपने लिए कम किन्तु दो साथी अधिकारियों के लिए अधिक उपयोगी मान रहे थे। गुस्से में इन चित्रों की मंशा को स्वीकार लेने के बाद से शिव शुक्ल को लग रहा था कि ज़्यादातर जूते उनके लिए ही उकेरे गए हैं, उनकी ही रचनाओं के साथ वाले चित्रों में है, इसलिए प्रबन्धन को यह सन्देश जा रहा होगा कि ये अपने अधीनस्थों के प्रिय नहीं हैं। उनके साथ ठीक बर्ताव नहीं करते। कहीं-न-कहीं ये संकेत इनके खिलाफ जा सकते थे,

इसलिए अनिरुद्ध की सफाई को उन्होंने दुहराया और कुछ इस अन्दाज में सोचने लगे, जैसे अनिरुद्ध के तर्क से सहमत हैं। जरा रुककर उन्होंने कहा था, "माफ करना अनिरुद्ध, कुछ ज्यादा ही तल्ख हो गया था।"

दया ने अलबत्ता मोर्चा सँभाला था, "और यह तसवीर? इसके बारे में कौन सा झूठ तैयार कर आए हो?" अनिरुद्ध इस तसवीर को भी भलीभाँति पहचानता था लेकिन उसके जीवन पर ऐसी बन आई थी कि न पहचानने का अभिनय करना पड़ा। कोट और टाई लगाए एक आदमी की तसवीर थी जिसमें उड़ता हुआ जूता भी दिख रहा था। यह कोट और टाई लगाए कोई भी हो सकता था लेकिन यहाँ जो 'पहचान कौन' का खेल जारी था, उसमें पाया गया कि तारकेश मिश्र खुद मौजूद हैं। वे हँसने लगे थे, "मुझे फर्क नहीं पड़ता लेकिन इन चित्रों से दफ्तर का वातावरण बिगड़ सकता है।"

अनिरुद्ध को ख्याल आया कि उन्हें याद दिलाए, वे इस तसवीर में खुद को पहले भी पहचान चुके हैं और झूठी ही सही लेकिन रचनात्मकता के नाम पर तारीफ कर चुके हैं। उन दिनों सुमित्रा यहीं काम करती थी। आज लेकिन, तारकेश कुछ यों दिखा रहे थे जैसे इन चित्रों से उनका सामना पहली बार हो रहा हो।

यह चित्र 'रोजगार और अनुशासन' नामक आलेख के साथ नत्थी था। इस आलेख में तारकेश ने बताया था कि जो लोग अनुशासित जीवन व्यतीत करते हैं वे नौकरी और व्यक्तिगत जीवन को बिलगाकर रख पाते हैं। यह इत्तफाक था कि उन्हीं दिनों मानव संसाधन विभाग द्वारा दी गई रपट के आधार पर कैब की सुविधा

कम्पनी ने बन्द कर दी थी। अनिरुद्ध की पाली शाम छः बजे खत्म होती थी और सुमित्रा, चूँकि खबरों का काम देखती थी इसलिए, नौ बजे के आस-पास छूटती थी।

कैब की सेवा रहते हुए उन दोनों के बीच यह कोई मुद्दा कभी नहीं था कि कौन कितने बजे अपने घर पहुँचता है। लेकिन जब से यह नया नियम आया था, अनिरुद्ध अपनी पाली समाप्त कर, इन्तजार करता था। उस इन्तजार को वह चाय की टपरियों, आईटीओ के निर्जन मेट्रो स्टेशन के इर्द-गिर्द गुजारने लगा था। वे घंटे रिसते हुए बीतते थे लेकिन बीतते थे। जब सुमित्रा नौ बजे दफ्तर से निकलती तब उसके कदम स्वत: वहाँ आकर रुक जाते जहाँ अनिरुद्ध होता था। वहाँ से चुपचाप वे साथ चल देते। चुप ही चाप वे मेट्रो लेते। चुप-चुप वे राजीव चौक पर मेट्रो बदलते और उतनी ही चुप्पी से साढ़े दस बजे या ग्यारह बजे अनिरुद्ध सुमित्रा को झिलमिल इलाके में स्थित उसके कमरे तक छोड़ता फिर अपने अकेलेपन से भिड़ता हुआ अपने घर की राह लेता।

उसे सुमित्रा का साथ पसन्द था लेकिन रोज-रोज की एक ही स्थिति के कारण वह अपनी बेटी को जागी हुई अवस्था में कई दिनों से नहीं देख सका था। उसे इसका अफसोस भी होता था। रात गए घर लौटता था। दरवाजा खटखटाता। चूँकि यहाँ भी चुप्पियों का राज था इसलिए चुपचाप दरवाजा खुलता। थाली लगती। दूसरी आकृति सोने चली जाती। पहली आकृति भोजन खत्म कर बिस्तर के किनारे लेटती। लेटने के ठीक पहले देखती कि टेबल पंखे का मुँह बेटी की तरफ है या नहीं?

फिर सुबह हो जाती।

भैरवी और अनिरुद्ध का दाम्पत्य ऐसा चल रहा था कि नर्क भी शरमा जाए।

सुमित्रा रोज दिन में समझाती थी कि वह खुद अकेले ही घर चली जाया करेगी। लेकिन शाम का इन्तजार वे दोनों करते थे। साथ चलते हुए एक-दूसरे की थकी उँगलियों के पोर थाम लेना उनके लिए कोई प्रदर्शनप्रियता या एक-दूसरे पर अनधिकार चेष्टा नहीं होती थी, अलबत्ता सुकून के कुछ पल होते थे। सुमित्रा नौउम्र थी, उसके लिए जीवन अभी एक असीमित विस्तार था लेकिन अनिरुद्ध पर दुनिया का राज नुमायाँ हो चुका था और वह वापसी की राह में था। इस वापसी की टेढ़ी सड़कों पर उसे कोई मिल रहा था जिस साथी की कल्पना उसने अपनी ज़िन्दगी की स्नेहिल शुरुआत में की होगी, जब कभी की होगी।

उन्हीं मौसमों में एक रात ऐसी आई थी कि सुमित्रा किसी भीनी खुशबू की तरह अनिरुद्ध को कमरे के भीतर लेती चली गई थी। उसका यह 'वन रूम सेट' साफ-सुथरा और किसी अजनबी देश की तरह दिखा था। अनिरुद्ध के कदम बँध जाते रहे थे। इस घर में अपना हर कदम वह यों रख रहा था जैसे पथ का कोई भूला हो। इन दोनों पर गहराती रात में एक वक्त ऐसा भी आया था जब अनिरुद्ध ने पाया कि शरीर के सितार को छूने की कला भूल चुका है। वह सारी लयकारी भूल चुका है। कितना बुरा हो कि समुद्र के भीतर उतरते हुए आपको पता पड़े कि आप तैरना भूल चुके हैं। शरीर की दुनिया उसके लिए इतनी पराई हो चुकी थी कि अनिरुद्ध प्रेम के तनाव सँभालना भूल चुका था।

हुआ यह था कि सुमित्रा के शरीर में धँसकर अनिरुद्ध रोने लगा था। साथी को दूर कहीं अकेला छोड़ देना वाली रुलाई नहीं थी। उनका सम्बन्ध इतना नया और समझदार था कि अपेक्षाओं का स्वर अभी उठना बाकी था। वह अपने परिवार के लिए भी नहीं रो रहा था जिसे बिन बताए वह यहाँ अपनी नई दुनिया में पड़ा हुआ था। नहीं, उसकी रुलाई प्रेम की कला को भूलते जाने की लाचारी से उपजी थी।

'रिद्म' से भटक जाने की बात शायद सुमित्रा समझ रही होगी कि अगले दिनों में उसने अनिरुद्ध में एक नितान्त नया पुरुष काढ़ दिया था।

और वह भलामानुष, कलाकार बना फिरने वाला, चार लगातार दिनों तक घर से बिन बताए बाहर रहा था। वह अगर चाहता तब मोबाइल से एक सन्देश भेज सकता था। लेकिन शायद अबोले की स्थिति में वह मोबाइल से भेजे गए सन्देश को भी संवाद समझता हो और ऐसा कोई भी सन्देश भेजते ही यह मान लिया जाएगा कि बातचीत की शुरुआत उसने की, अनिरुद्ध ने कोई सन्देश या फोन किया ही नहीं। जिस बेटी के लिए वह रात-दिन की यह कुत्तेगिरी वाले नौकरी कर रहा था, उसकी याद तक भी शायद उसे नहीं आई थी।

तारकेश की धीमी आवाज उसे स्मृतिलोक से खींचकर यहाँ जाँच समिति के सामने लाई थी, "आप कुछ कहेंगे नहीं तब मान लिया जाएगा कि प्रबन्धकों और सम्पादकों के अपमान का यह तरीका आपका अपना था।"

अनिरुद्ध : "यह दवाब मुझे परेशान कर रहा है। मैं कैसे कुछ भी कह दूँ जब मेरी कोई मंशा नहीं थी।"

शिव शुक्ल : “कितना झूठा है रे तू। अभी मैं बीसियों ऐसे उपसम्पादक और संवाददाता तुम्हारे सामने खड़ा कर सकता हूँ जिसके सामने तुमने और तुम्हारे साथियों ने चुस्की ले-लेकर इन चित्रों की सप्रसंग व्याख्या की होगी। बताओ, तुमने राजेश के कहने पर सीईओ के लिए जूते वाला चित्र बनाया था या नहीं? राजेश ने मुझे वजह भी बताई है कि उसके बच्चे का इलाज कराने में कम्पनी ने सहयोग नहीं किया था, उन्हीं दिनों की घटना है। कम्पनी की अपनी मजबूरी हो सकती है। लेकिन तुम कौन होते हो अधिकारियों को जूते मारने वाले?”

अनिरुद्ध : “मैंने किसी को जूता नहीं मारा है।”

शिव शुक्ल : “यह जो जूते की तसवीर और अधिकारियों से मिलता-जुलता रेखांकन बनाते फिरे हो यह उससे कम भी नहीं है।”

अनिरुद्ध : “आप मेरे खिलाफ कुछ फैसला लेना चाहते हों तो बिना किसी बहाने के भी ले सकते हैं।”

दया : “तुम्हें क्या लगा कि तुम्हें यहाँ से भगाने के आदेश पर तुम्हारा हस्ताक्षर लेंगे।”

अनिरुद्ध (हाथ जोड़ने की मुद्रा में) : “मैडम, प्लीज। ऐसे शब्द सबके पास होते हैं। आप नाहक अपमान कर रही हैं। इस कम्पनी को मैंने अपने बेशकीमती आठ वर्ष दिये हैं, आपको आए महज छः महीने हुए हैं। न सही कर्मचारी पर बतौर मनुष्य तो बेहतर शब्दों का अधिकारी हूँ ही।”

तारकेश : “मैं आपके साथ हूँ अनिरुद्ध बाबू। आप बस उन लोगों के नाम बता दीजिए जिनके कहने पर आपने ये चित्र बनाए हैं। मैं प्रबन्धन से दरख्वास्त करूँगा कि आपको कोई सजा न हो।”

अनिरुद्ध : "सर, आपको क्यों लगता है कि मैं किसी से पूछ कर चित्र बनाऊँगा।"

तारकेश : "यह तो सुमित्रा होती तब बतलाती।"

अनिरुद्ध ठिठका। चुप हो गया। जाँच समिति का बाहर में जो नाम है, उससे उलट ये लोग किसी गुंडे की तरह पेश आ रहे थे, गुंडे जो ब्लैकमेलिंग और अपमानित करने का उस्ताद हो। वह नहीं चाहता था कि सुमित्रा या किसी भी साथी का नाम आए। वह अपनी नौकरी बचाना चाहता था, हरगिज बचाना चाहता था लेकिन इस कीमत पर नहीं कि किसी दूसरे पर सारा दोष थोपा जाए।

अनिरुद्ध ने देखा कि उस दिन के अखबार को पूरी तरह मोड़कर दया ने डंडे का स्वरूप दे दिया था और उससे वे सारी कतरनें उसकी तरफ धकेल रही हैं। बीसियों चित्र थे जिनमें प्रतीक स्वरूप जूतों से कोई-न-कोई पीटा जा रहा था। इस मीडिया घराने का हर अधिकारी किसी-न-किसी अधीनस्थ को तंग करता था। शक्ति का खेल कुछ ऐसा था कि हो सकता है, अधिकारियों में भी कोई होड़ हो। हो सकता है, वे आपस में बातें करते हों कि कौन अपने अधीनस्थों के प्रति किस कदर कठोर है। उस बातचीत में निर्दोष साबित हो जाना ही जैसे कोई अपराध हो। इसलिए हर नये दिन वे सम्पादक और प्रबन्धक अपने मातहतों को प्रताड़ित करने के नये प्रबन्धकीय और व्यक्तिगत तरीके ईजाद करते हों।

एक वक्त तो ऐसा आया था कि लोग अनिरुद्ध के पास आते ही इसलिए थे कि ताकि बता सकें, किस अधिकारी या सम्पादक ने उससे कैसी बदसलूकी की और उसके खिलाफ कैसा जूता बनाया जाना चाहिए।

सुमित्रा के जीवन में आने से पहले उसकी अपनी नजर में भी अपनी हैसियत महज एक चित्रकार की थी जो दूसरों की लिखी कहानियों, आवरण कथाओं, समसामयिक खबरों के आधार पर रेखांकन किया करता था। अब स्थिति दूसरी होती जा रही थी। दूसरे जब उसे अपना दुख, अपना अपमान सुनाते तब जूते का चित्र बनाना अपनी ज़िम्मेदारी लगती थी। सनोज को जब इसलिए परेशान किया जा रहा था कि उसने शिव शुक्ल के कहे अनुसार एक व्यवसायी को तंग करने और उसके खिलाफ लिखने से मना कर दिया था, तब अनिरुद्ध के पास वह आया था। राजेश को जब इसलिए नौकरी से निकाला जा रहा था क्योंकि बीसियों वर्ष नौकरी करते हुए हो गए थे और मामूली बढ़ोत्तरी के बाद भी उनकी तनख्वाह प्रबन्धन को खटकने लगी थी तब वे अनिरुद्ध के पास आए थे। उसका हाथ पकड़कर रोने लगे थे, कई बार कहा था, दोनों बेटे और बड़ी बेटी अभी अपनी आधी-अधूरी पढ़ाई पूरी कर रहे हैं, मेरी नौकरी गई तब पूरा परिवार बेरोजगार हो जाएगा। उस बार अनिरुद्ध ने शिद्दत से चाहा था कि काश उसका बनाया जूते का चित्र जब प्रबन्धकों तक पहुँचे तब भींगे जूते में बदल जाए। ऐसी अनेक स्मृतियाँ उसके मन की साँकल बजा रही थीं लेकिन जाँच समिति के सवाल के कारण सहम जा रही थीं।

दया की आवाज उस तक आ रही थी जिसमें वह शायद एक-एक चित्र का वर्णन पूछ रही थी कि कौन सा चित्र किसके खिलाफ बनाया गया है और किसकी शह पर बनाया गया है। लेकिन वह स्मृतियों के दूसरे धारे तक जा पहुँचा था जहाँ इन जूतों से अलग

एक तसवीर उसके बटुए में पड़ी थी। वह उस तसवीर को निकाल कर एक बार देखना चाहता था लेकिन उसे भी वह स्मृतियों में देखना ही मुनासिब समझा।

उन दिनों वह तीन-तीन चार-चार दिनों तक सुमित्रा के कमरे पर रुकने लगा था। एक अबोला यहाँ भी पसर रहा था लेकिन वह अतिशय प्रेम से उपजा था। सुमित्रा के पास अपना लैपटॉप था और प्रेम के विलक्षण क्षणों के बाद वह गाने सुनना पसन्द करती थी। महाशय अनिरुद्ध सोना पसन्द करते थे लेकिन सो न पाने की स्थिति में कुछ-न-कुछ पढ़ते रहते थे।

उस अभागे दिन सुमित्रा ईयरफोन पर गाना सुन रही थी। वह नींद में जा चुका था कि सुमित्रा ने एक सिरा उसके कान में लगा दिया। गाना तेज गति का था लेकिन सुरीला था। "तुझमें नशा है तू बिलकुल अफीमे। धीमे-धीमे-धीमे-धीमे।" गाने का प्रभाव था या सुन्दर प्रेम की स्वप्निल स्मृति कि करवट बदलते हुए, सुमित्रा को अँकवार में कसते हुए अनिरुद्ध बोल पड़ा था, "मेरी बेटी को यह गाना बहुत पसन्द है।"

अगले कुछ पलों तक गाना बजता रहा। सुमित्रा ने फिर ईयरफोन किनारे रखा और पूछा, "अभी क्या कहा था।"

अनिरुद्ध भाँप चुका था। अगले कुछ पलों तक जो गाना बजता रहा था, उसमें वह यही सोचता रहा कि काश सुमित्रा ने उसे सुना ही न हो। वह अपने जीवन के बारे में सुमित्रा को बताना चाहता था लेकिन हर मौके वह किसी अनहोनी से डरता था। जवाब दिया, "इन बातों का कोई मतलब है क्या।"

सुमित्रा अपने दोनों हाथों से अनिरुद्ध को दूर कर रही थी कुछ इस तरह जैसे कोई माँ दूध पिलाने के बाद अपने बच्चे को बड़े जतन से अलग करती है। उसकी उँगलियों, पंजों और मन को अब भी कोई उम्मीद रही होगी शायद इसलिए। दुबारा पूछा, "बताया क्यों नहीं।"

अनिरुद्ध ने सुमित्रा को वापस अपने भीतर समेटना चाहा। ऐसे जैसे बाँहों के दायरे में आते ही प्रेम अपनी शक्ति पा जाएगा। ऐसे जैसे समाज द्वारा तय दायरों के मायने बदल जाएँगे। और सबसे बड़ी बात कि धोखे का जो एहसास सुमित्रा को चींथ रहा होगा, वह उससे परे हो जाएगा। सुलझा हुआ उनका प्रेम उनके बीच के ताप को झरने नहीं देगा। उसने कहा था, "प्लीज।"

इस 'प्लीज' का जवाब में सुमित्रा ने नफरत से भरे थप्पड़ से दिया। चटाक की चोट उस माहौल में उभर आई थी। अनिरुद्ध देखता रहा था। उसने अपना हाथ भी उस गाल तक ले जाना भी गवारा न समझा था। सुमित्रा, जो अमूमन बिस्तर पर रहते हुए ही कपड़े पहनती थी, ने उस दिन एक पल में बिस्तर छोड़ दिया था और जैसे संकोच भी छोड़ दिया हो कि अनिरुद्ध देखता रहा और वह कपड़े पहनती रही थी।

वह कुर्सी पर बैठी थी जब बिखरे सारे सिरे जोड़ने की कोशिश में अनिरुद्ध उस तक गया था। अनिरुद्ध के हाथ उसे छू पाते इससे पहले ही सुमित्रा ने अनिरुद्ध को बाहर का रास्ता दिखाया था और कहा था, "गेट आउट।"

अनिरुद्ध रात के दो बजे अपमान के गट्ठरों और धोखे का

बोझ लादे अपने उसी घर की ओर लौट आया था जहाँ न आने की सूरत में वह सन्देश तक नहीं भेज पाता था।

उसे याद है, अगले कुछ दिनों तक वह दफ्तर नहीं गया था। घर पर पड़ा रहता। उसके लिए भी यह विचार अजीब था कि चालीस को छूता कोई व्यक्ति प्रेम के अवशेष से इस तरह खंडित हो जाएगा। मन आता था कि भागकर सुमित्रा तक जाए। उसके साथ रहने के लिए नहीं, वह शायद सम्भव न हो लेकिन यह कहने के लिए कि वह कुछ भी छिपाना नहीं चाहता था। तीसरे दिन उन-उन जगहों पर अकेला गया जहाँ वे साथ जाया करते थे। कोई उम्मीद रही होगी।

उस दरमियान घर पर ठिठका हुआ वह बच्ची को स्कूल जाते देखता। पत्नी को चुप रहते देखता, काम करते देखता था। दूसरे दिन उसने काम में हाथ बँटाना शुरू किया था और काम पर न जाने के तीसरे दिन उसने अपनी पत्नी को नाम से पुकारा था : "भैरवी।"

अगर नौकरी की जरूरत न होती तब वह दफ्तर कभी वापस नहीं लौटता लेकिन लौटना पड़ा था। अपने दुचीतेपन में वह दोनों ही सूरतें नहीं चाहता था : सुमित्रा से सामना होना भी और नहीं होना भी। जब दफ्तर पहुँचा था तब वह नहीं आई थी लेकिन एक चित्र उसका इन्तजार कर रहा था। वह चित्र इतना खराब बना था कि अगर बनाने वाले की मंशा उस पर जाहिर न होती तब वह कभी नहीं समझ सकता था कि जूते का चित्र है। उसने सचमुच वह चित्र उठाकर अपने चेहरे पर लगा लिया था, जैसे प्रेम की आखिरी कोई शर्त रखनी हो। उसे अपने बीच के नाजुकी के प्रतीक के बतौर

अनिरुद्ध ने उस कागज को मोड़कर अपने लगभग खाली बटुए में रख लिया था।

ऐसा नहीं कि अनिरुद्ध की कोशिशों में कोई कमी थी, अपना पक्ष रखने और रूठी सुमित्रा, दुखी सुमित्रा को मनाने की उसने हज़ारहा कोशिशें कीं लेकिन सुमित्रा भीतर तक बिंध गई थी। एक दिन जब अनिरुद्ध उसकी मेज तक गया था तब उसने कड़क इशारों में दूर चले जाने के लिए कहा था। वह चाहती तो अपने इशारे को आवाज की शक्ल पहना सकती थी लेकिन वह जो उनके बीच जो एक अटूट-सा कुछ बीता, वह आवाज उस कुछ का अपमान होता।

पन्द्रहियन बीता होगा कि एक दिन सुमित्रा खुद अनिरुद्ध के मेज तक आई थी। आई और मुस्कुराती रही थी। अनिरुद्ध अवाक की अपनी स्थिति को सँभालना चाहता था। सुमित्रा ने कहा था, "दिल्ली तो छुड़ा दिया चित्रकार जी, विदा करने नहीं आएँगे?"

अनिरुद्ध को लगा था कि वह रो पड़ेगा लेकिन सँभाला, इतना-भर कह सका था, "तुम यह गलती न करो, तुम्हारे सामने भविष्य का ऊँचा मैदान है, मैं यह जगह छोड़ देता हूँ।"

हँसते हुए सुमित्रा ने दो बातें कही थीं, "मैं भी अच्छी चित्रकारी कर लेती हूँ न" और "कल दोपहर काशी विश्वनाथ एक्स्प्रेस से जा रही हूँ।"

वह अगला दिन आँसुओं का सैलाब लेकर आया था। अनिरुद्ध सुमित्रा से पहले ही स्टेशन पर पहुँचकर इन्तजार कर रहा था। धूप में चलती हुई जब सुमित्रा उस तक आई तब वह यों मुसकुराई थी

जैसे अनिरुद्ध के आने से वह खुश हो, "अनिरुद्ध आएगा" यह जैसे वह जानती थी।

दोपहर की धूप उनके अवश्यम्भावी विछोह की भाँति जलने लगी थी। गाड़ी के छूटने तक वे दोनों एक-दूसरे की चुप्पी बर्दाश्त नहीं कर सकते थे इसलिए सुमित्रा ने अपने ईयरफोन का बायाँ प्लग अनिरुद्ध के कान में लगा दिया था। गाना वही था : तुझमें नशा है बिलकुल अफीमें/धीमे-धीमे-धीमे-धीमे...अनिरुद्ध सिसकने लगा था। उसकी रुलाई हिचकियों का बदशक्ल रूप ले चुकी थी।

जब रेलगाड़ी ने इनके रोने की आवाज सुनी होगी तब उसने चल पड़ने की आखिरी सिटी बजा दी थी। रेलगाड़ी सरकने लगी थी और इधर सुमित्रा को गले लगाकर अनिरुद्ध लगातार रोते हुए कहे जा रहा था, "मुझे माफ कर देना। मुझे माफ कर देना।" सुमित्रा माफी की हर दरख्वास्त के जवाब में इतना-भर कहती रही थी, "अरे!" "अरे!" "अरे!"

जब रेलगाड़ी सुमित्रा को अपने साथ लेकर चली गई थी तब भी अनिरुद्ध की आँखों में इतने आँसू थे कि उसे प्लेटफॉर्म नहीं सूझ रहा था, दफ्तर का रास्ता, वहाँ जाने वाली बसें नहीं दीख रही थीं। ज़िन्दगी का रास्ता तो उसे कभी स्पष्ट नहीं था।

उन आँसुओं की स्मृति इतनी गझिन थी कि यहाँ जाँच समिति के सामने भी अनिरुद्ध की आँखें भर आई थीं। यहाँ जो कुछ हुआ अगर वह तारकेश के शब्दों में हुआ होता तब शायद अनिरुद्ध के ज़िन्दगी का मुहाना किसी और करवट बदलता लेकिन हुआ यह कि सम्पादक शिव शुक्ल ने अति-आत्मविश्वास और कमजर्फी से

लबरेज होकर कहा था, "नौकरी छूटने का डर आँखों में उतर आया है। शुरुआत में तो लग रहा था कि बड़े साहसी हो। बता क्यों नहीं देते कि जूते का चित्र किसके कहने पर बना रहे थे और क्यों?"

अनिरुद्ध बेकाबू होकर अपने आँसुओं पर काबू पाना चाहता था। वह अपनी स्मृतियों को कोस रहा था जो बार-बार उसे खींचकर जीवन के चन्द उजले दिनों की तरफ लिये जा रही थी।

तारकेश, जो अब तक एच. आर. मैनेजर की अपनी पदवी के धर्म को कृत्रिमता से निभा रहा था, ने आड़े प्रश्न को सीधा किया। अच्छाई का उसका झूठा आचरण अपनी कलई से बाहर निकलना चाहता था। किसी का नाम उजागर न होता देख प्रबन्धन को मिलने वाली निराशा के पुट में कहने लगा था, "आप खामखाँ अड़ियल रुख अपना रहे हैं मिस्टर... जो भी आप हैं। हम जानना चाहते हैं कि कौन-कौन से लोग आपके साथ इस साजिश में शामिल हैं। हम नहीं चाहते कि आगे से कोई घटना इस आशय की घटे जिसमें कर्मचारी अपने अधिकारियों का अपमान, सच में या प्रतीकों के माध्यम से कर सकें।"

अनिरुद्ध ने अपने रुँधे कंठ पर काबू पा लिया था। एक बार फिर तय किया कि मन में चाहे जो खयाल घुमड़ रहे हों, उसे कोशिश यही करनी है कि नौकरी बच जाए। इसलिए उसने विनम्रता और अनभिज्ञता का दामन थामें रखा था। साथ ही वह यह नहीं चाहता था कि किसी सहकर्मी का नाम लेना पड़े। टूट जो होनी थी, अनिरुद्ध नहीं चाहता था कि उसकी तरफ से हो।

वह अपनी ज़िन्दगी की जरूरतों को देखते हुए जान रहा था कि नौकरी सबको चाहिए थी, इसलिए लोग इस पत्रिका से जुड़े हुए थे। उसने कहा, "आप लोगों को गलत सूचना मिली है। जूते के चित्र मैंने वहीं बनाए हैं जहाँ जरूरत समझा है।"

दया : "हमें जूते मारने की जरूरत?"

अनिरुद्ध (विहँसते हुए) : "अरे मैडम, आप तो नई-नई आई हैं।...(थोड़ा रुककर, अपने जवाब को तौलते हुए कि कहीं पुराने घाघ इसे पकड़ न लें)...यहाँ माहौल इस तरह खराब नहीं हैं।

तारकेश : "मारना ही था तो सच के जूते मार लेते।"

इस प्रश्न का जवाब वह इसलिए भी दे सकता था क्योंकि अतीत में दे चुका था लेकिन यहाँ चुप रहना मुनासिब था। जब सुमित्रा के कमरे पर उसका टिकना शुरू हुआ था तब वह अकसर जूते के चित्र से जूते मारने के एहसास पर बात करती थी। उसने ही पूछा था, "बेहतर होता कि हम सच का जूता मारते।" इसके जवाब में अनिरुद्ध ने अपनी आत्मा की तरफ करवट फेरते हुए कहा था, "समय बदलने के साथ हथियारों की मियाद भी बदलती है। अब जूते मारना भी प्रचार का हिस्सा हो गया है क्योंकि जूते जिस पर उछाले जाएँगे उसकी जेब में सत्ता और पुलिस है। हो सकता है कि जूता उन तक पहुँचे भी नहीं लेकिन उसे फेंकने वाला भीड़ का, पुलिस का शिकार हो जाएगा। शक्तिशाली लोग चाहते हैं कि ऐसा हो, उन पर जूते चलें, इसलिए भी हमें सच के जूते नहीं मारने चाहिए। हाँ, जिस दिन पुलिस या उससे बड़े अपराधी तुम्हारे पक्ष में हो जाएँ उस दिन तुम बेखौफ जूते चलाना।" इस जवाब के जवाब में सुमित्रा ने

कहा था, "और हाँ, उनको मारने में जूते भी गन्दे हो जाएँगे।" इस जवाब के जवाब पर अनिरुद्ध देर तक हँसता रहा था।

तारकेश के प्रश्न का जवाब क्योंकि वह मन-ही-मन दे रहा था इसलिए अनिरुद्ध की चुप्पी जाँच समिति पर जाहिर नहीं हो रही थी। दया ने कहा, "यह सुधरने वाला नहीं लगता।" शिव ने कहा, "नाम बता दे भाई। जब दस लोग बाहर का रास्ता दिखाए जाएँगे तब सबको समझ में आएगा कि अपने अधिकारियों को जूते दिखाने का क्या मतलब होता है।"

अनिरुद्ध धीरे-धीरे खुद को चिकने घड़े में तब्दील कर रहा था और कोशिश कर रहा था कि किसी भी अपमान के सम्मुख वह खुद को थामे। बेरोक न हो जाए। लेकिन सर्वाधिक मानवीय दिखने वाले तारकेश ने जब अपनी बातों से आखिरी चोट मारी तब वह मन के गहरे कोने तक हिल गया था। घबरा गया था। मानवीयता की मिशाल और बुद्ध की तरह हर हमेशा मुस्कुराने वाले विनम्रता की प्रतिमूर्ति तारकेश ने कहा, "तुम शायद समझ नहीं रहे। अगर तुम नाम बता देते हो तब हम महज तुम्हारे इस्तीफे से काम चला लेंगे लेकिन अगर दस से कम एक भी नाम बताए, तब हम तुम्हें नौकरी से निकालेंगे और कागजों पर इस तरह दागदार कर निकालेंगे कि कम-से-कम दिल्ली में तो कोई तुम्हें नौकरी नहीं देगा। अब आई बात समझ में?"

अनिरुद्ध समझ रहा था। आगामी कल का खयाल उसके साहस को तोड़ रहा था। अपने साथियों से धोखेबाज़ी का खयाल उसकी आत्मा को लेकर गहरे कहीं झूल जा रहा था। उसने अस्फुट-सी आवाज में कहना जारी रखा, "आठ वर्ष कम्पनी को दिये हैं।

चित्रों का गलत मतलब निकाला जा रहा है। मेरे पास एक महीने तक जीने-खाने जितनी भी बचत नहीं है। उन चित्रों को चित्र की तरह देखा जाए।" धीरे-धीरे उसकी आवाज काँपने लगी थी। उसके शब्द इस तरह हिल-डुल रहे थे जैसे खुद को कुछ नया अर्थ देना चाहते हों। नौकरी बचाए रखने की लकार ने उसका मनुष्य होना उससे छीन लिया था।

दया : "यानी तुम नाम नहीं बताओगे।"

अनिरुद्ध : "किनके?"

शिव : "चलो, अब तुम बाहर जाओ। वहीं इन्तजार करो।"

जाँच समिति की मुश्किल यह थी कि कौन सा आरोप मढ़ा जाए? चित्रों के जरिये जूते मारने का आरोप ही वाजिब था लेकिन उसकी मुश्किल यह थी कहीं नौकरी से निकालने का आदेश-पत्र किसी के हाथ लग गया तब बाहर की दुनिया में जाते ही उनकी जगहँसाई होती। बीसियों मिनट बीत जाने के बाद अपनी अक्षमता से आजिज़ आकर जाँच समिति इस बात पर एकमत हुई कि जाँच में असहयोग का आरोप मुफीद रहेगा।

"जाँच समिति से असहयोग" के आरोप के बाद वे तीनों चाहते थे कि आज का काम कल पर मुल्तवी किया जाए। उन्होंने तय किया कि आदेश कल जारी करेंगे। अपने कागजों को समेटने के क्रम में शिव की निगाह बाहर गई जहाँ उसने देखा कि होर्डिंग अपने साप्ताहिक नियमानुसार बदली जा रही है। होर्डिंग के तन जाने तक वे तीनों देखते रहे। अनिरुद्ध की किस्मत इतनी खराब

थी कि उसी समय शिव की निगाह बगल के होर्डिंग पर चली गई। खुद तो देखा-ही-देखा लेकिन अवचेतन की न जाने किस रस्सी से खिंचकर उसने दया और तारकेश का ध्यान भी उस होर्डिंग पर दिला दिया।

जूता बनाने वाली की कम्पनी का विज्ञापन बता रहा था कि कपड़ों और रेक्सीन के जूतों के इस दौर में भी चमड़े के जूतों का अपना विशेष स्थान बरकरार है। एक बहुत बड़ा सा काला जूता चित्र में दिख रहा था। उसके मजबूत और किंचित चमकते तल्ले की दिशा अपनी तरफ देखकर दया ने तय कर लिया था कि आदेश-पत्र लिखने का काम कल पर नहीं छोड़ना चाहिए और अपना लैपटॉप फिर से चालू कर लिया था। शिव और तारकेश ने अलबत्ता एक साथ एक ही शब्द कहा था और दोनों चौंक गए थे कि क्या दोनों के मन में अपने कर्मचारियों के लिए एक ही खयाल बसते हैं? और यह भी कहीं वे अपने मनबढ़पने में अपनी ही मुश्किल तो नहीं बढ़ा गए?

उन्होंने कहा था, "हरामजादा।"

दूब की वर्णमाला

ये दिन इतने साफ, सुन्दर हो रहे हैं कि इनमें किसी को भी माफ किया जा सकता है। मैं चाहूँ तो खुद को भी माफ कर सकता हूँ।

(तुम चाहो तो खुद को भी माफी दे सकते हो।)

देनदारों से झूठ मैं धड़ल्ले से बोलता हूँ। आज पहली दफा पत्नी के सामने उन लोगों से झूठ बोलना पड़ा है। झूठ की इस नई शक्ल से मेरे शरीर में सुरसुरी दौड़ गई और पत्नी की तरफ देखने का साहस भी मुझसे छूटता रहा। जिनसे मैंने झूठ बोला था, वो दो लोग थे—गन्नू और राधे। वे, हर-हमेशा विनम्रता से पेश आते थे। कह रहे थे—ब्याज की रकम अगर मैं नहीं लौटाता हूँ तब कर्ज बहुत भारी हो जाएगा। आज वे सब वह बीमा पत्र भी लाए थे जो कर्ज चुकाने का अन्तिम तरीका था। यह हरकत देनदारों ने मजबूरी में अपनाई है।

मेरी उम्र पर घिरी उस रात के आठ-सवा आठ बज रहे थे। घर में था क्या जो मैं इन्हें वापस करता इसलिए इनकी खातिरदारी

करना एक अच्छा विचार लगा। इनको सुनाते हुए पत्नी से दो चाय का आग्रह किया। इन दोनों के चेहरे से लग रहा था, चाय के नाम पर चिढ़ गए हैं। शायद इन्हें उम्मीद रही हो कि रकम थमाकर मैं इन्हें जल्द ही फारिग कर दूँगा। या रकम न वापस करने की सूरत में इनकी सलीकेदार फटकार भी सुन लूँगा लेकिन चाय में जो समय जाया हो रहा था वह इनके चेहरे से जाहिर था।

पत्नी दोनों हाथों से दो ग्लास पकड़े हुए आई। ये स्टील के छोटे ग्लास चायपत्ती के पैकेट के साथ मुफ्त में मिले थे। पत्नी के मौके-मुआयने पर पहुँचने और इन दोनों की समझाइशों का ऐसा मुहाना बन रहा था कि जो बात ये लोग मुझसे अभी-अभी कह चुके थे, उसे फिर दुहरा बैठे—क्यों भाभी जी, गलत कह रहे हों तो बताइए, कर्ज वापसी तो लगी रहेगी लेकिन सूद का पैसा न चुकाने पर कर्ज बहुत बढ़ जाएगा।

पत्नी कहती भी तो आखिर क्या कहती, सो चुप-ही-चुप सिर हिलाया, जिसे हाँ या ना, दोनों ही, मतलबों के लिए पढ़ा जा सकता था। मैं कर्ज लेता हूँ, यह मेरी पत्नी जानती है। न सिर्फ जानती है, बल्कि अपने गले में मौजूद आधा तोला वाली सोने की सिकड़ी और दो पायलों में से एक बेचकर, कर्ज उतारने में मदद भी किया है। दूसरी पायल बेचकर हमने अपने दूसरे लेकिन अजन्मे बच्चे का इलाज कराया था। फिर भी उसे हम बचा नहीं पाए। मैं कर्ज लेता हूँ, यह मेरे देनदार जानते हैं पर अब तक यह अनकहा नियम चलता आया कि इस लेन-देनदारी का जिक्र हम तीसरे के सामने कभी नहीं करते।

अगर ये लोग मुझे सड़क पर भी पकड़ लेते तो भले ढंग से पेश आते थे। राहगीर हमारी बातचीत का तरीका देखकर यही समझते कि हम पुराने परिचित हैं। इनको देखते ही मैं साइकिल से उतर जाता हूँ, ये लोग पहले मेरा हालचाल पूछते हैं। देर तक मुझसे दुनिया-जहान की बातें करते हैं और चलते-चलाते वक्त कर्ज का एक हल्का जिक्र कर देते हैं। मैं उन्हें वादा कर लौट आता हूँ। यह जानना खुद अपने-आपमें मुझे सुकून देता है कि दुनिया को मेरे कर्ज न लौटाने का पता नहीं है। लेकिन आज पत्नी के सामने इस अनायास जिक्र से मैं घबरा गया। अगले हफ्ते का वादा करते हुए कह बैठा, अगर कुछ भी सम्भव न हो पाया तो इन्हीं के कुछ गहने बेचूँगा पर अगले हफ्ते तक का समय दीजिए।

देनदारों के जाने बाद देर तक मैंने और सुमित्रा ने कोई बात नहीं की। भोजन के वक्त भी मैंने बेटे को हथियार बनाया। उससे पढ़ने-पढ़ाने की बात करता रहा, जिससे यह खबर मिली कि महाशय ढाई-तीन हफ्तों से विद्यालय ही नहीं गए हैं। अगली सुबह भी पत्नी से बातचीत बचते-बचाते ही हो पाई। जब सामान्य बातचीत शुरू हुई तब भी हमने इस झूठे गहने के मुद्दे पर कोई बात नहीं की। यहाँ तक कि जब अपने मालिक से अपनी ही तनख्वाह उधार माँगकर लाया तब उसे कर्ज वापसी के लिए रखते हुए भी पत्नी ने एक बार भी उस झूठ के बारे में नहीं पूछा।

ऐसा नहीं कि हम आपस में झूठ नहीं बोलते पर एक के सामने दूसरे का झूठ बोलना इस एहतियात को समूची जगह देता है कि हो सकता है अगले की सारी बातें झूठी हों। जैसे, जब मैं अपनी

तनख्वाह उधार माँगकर लाया तो सोचा था, पत्नी को सच बताऊँगा। बता भी चुका होता पर अचानक खयाल आया, पूछेगी, सीधे ही माँग लिया या कोई झूठ बोलना पड़ा? यह संशय भी वह मेरे सम्मान को मेरे ही मन में बचाए रखने के लिए करती वरना उसे तो पक्का ही पता था कि मैंने झूठ बोलकर उधार माँगा होगा।

सुमित्रा की यह धीर-गम्भीरता ने मेरे भीतर का घरेलूपन बचा रखा है वरना अकसर मैं सोचता हूँ, कहीं भाग जाऊँ। शायद सुमित्रा यह जानती है कि बाहर की दुनिया जैसे वह आटा चक्की जहाँ मैं गेहूँ पीसने का काम करता हूँ, या वह चौरस्ता जहाँ मेरी दुनिया सिमटती है वहाँ मेरी कितनी इज्जत है। विवाह के शुरुआती वर्षों में मैं घरवालों के सामने अकसर इन्हें गाली दे दिया करता था, उसे वह सुन लेती थीं पर एक दिन इन्होंने तरकीब से समझाया, अगर हम एक दूसरे की ही इज्जत नहीं करेंगे तब दुनिया से कोई उम्मीद कैसे की जा सकती है। सुमित्रा के जरिए ही मैं इस गुत्थी को समझ पाया कि मेहनत करके अमीर बनने का ख्वाब झूठा है, अगर ऐसा होता तो सुमित्रा से अधिक मेहनती कोई नहीं था। लोग मेरे दड़बे तक इसकी पैरवी करने आते हैं कि मुँहमाँगा मेहनताना लेकर भी सुमित्रा उनके घर का कामकाज करने के लिए राजी हो जाए।

उनकी मेहनत और अपनी जलालत इतनी मुद्दत बाद समझ आई कि अब सब धुआँया लगता है वरना एक योजना मेरी यह है कि अगर मैं कर्ज वापस कर दूँ और फिर दस या पन्द्रह सालों में अठारह-बीस हजार जैसे कुछ पैसा बना सकूँ तो अपनी आटा चक्की डाल लूँगा। सुमित्रा ने भी इस योजना को खारिज नहीं किया

पर पहले आठ हजार का यह कर्ज। फिर उस पर ब्याज, सौ रुपये पर दो रुपये—हर रोज। यानी आठ हजार के मूल पर एक सौ साठ रुपये रोज। चार हजार आठ सौ का माहवारी ब्याज। सत्तावन हजार छः सौ रुपये, पूरे वर्ष का ब्याज। आप अगर एक वर्ष में इतनी रकम चुकता कर देते हैं, तब अपने दिमाग पर जोर डालिए, आप पाएँगे कि वह जो मूलधन था, वह तो वहीं का वहीं है। आपके पास। दिख भले न रहा हो, आप उसका इस्तेमाल भले ही न कर पा रहे हों पर ध्यान रखिए कि वह आपके ही पास है। मैंने इतनी गिनती नहीं सीखी कि इस कर्ज की कुल रकम निकाल सकूँ और दूसरे, गन्नू देनदार की बात भी भरोसेमन्द है।

गन्नू ने ही उस एजेंट से मिलवाया। हम दोनों विस्मय से मिले। एजेंट साहब के घर से गेहूँ उसी चक्की पर पिसने आता है जहाँ मैं काम करता हूँ। उन्होंने पहले मेरा हस्ताक्षर लिया। मैं वर्षों बाद, शायद स्नातक की परीक्षाओं के बाद, कलम हाथ में लिये था। मुझे आश्चर्य यह हुआ कि जो हस्ताक्षर अपने मन-मस्तिष्क में मुझे याद था, वैसा कुछ मैं नहीं कर पाया। कमलेश। हस्ताक्षर करते हुए इस शब्द को मैं ऐसे लिखता था कि क वाली लकीर ही म की पहली लकीर हो और तालव्य श की लकीर जरा घूमती हुई हो। पर आज मैंने अपना हस्ताक्षर यों किया—क म ले श। मुझे दबी हुई शर्मीन्दगी इस बात की हुई कि कहीं गन्नू और एजेंट साहब मेरे 'ग्रेजुएट' होने की बात को गलत न मान लें। यह बात मुझे तब गुस्से की शक्ल में याद आती थी जब कोई ग्राहक मुझसे इसलिए बदतमीजी से बात कर बैठता था क्योंकि मैं आटे चक्की वाले के यहाँ नौकर लगा हूँ।

मैंने एजेंट को अपनी हस्ताक्षर वाली बात बतानी चाही पर वे कुछ गुणा भाग में लगे हुए थे। गन्नू और एजेंट ने मेरी बात अनसुनी कर दी और अपनी चिन्ता जाहिर की—अस्पताल का खर्च गन्नू उठा लेंगे लेकिन बैसाखी का खर्च और आगे के ईलाज वाले खर्चे मुझे उठाने होंगे। मेरा हस्ताक्षर तुरन्त का ही खराब हुआ था, इसकी खीझ मुझे थी इसलिए मैंने कहा, दाहिना हाथ चलेगा? यों भी चक्की के हौदे में गेहूँ की बोरी उड़ेलने का काम मैं बाएँ हाथ से करता हूँ, दाएँ से बस सहारा देता हूँ।

दाहिना हाथ कटाने की बात पर गन्नू ने इतनी आत्मीय डाँट लगाई कि मुझे रोना आ गया। यह मेरे अनुमान से बाहर था कि इस शहर में मेरा भला सोचना वाला भी कोई है। उस एजेंट और गन्नू दोनों ने एक ही आवाज में बताया, पैर कटा लो। बीमा कम्पनी वालों का भरोसा भी मिल जाएगा और पैसा भी। सत्तर हजार का चेक, अगर मैं चाहूँ तो मेरे नाम या फिर गन्नू के नाम से, बन जाएगा।

एजेंट को तो खैर इसकी आदत रही होगी पर गन्नू के लिए शायद कर्ज वापसी का यह तरीका नया था, इसलिए दोनों इस बात पर देर तक बहसते रहे, पैर काटने का काम कैसे होगा? बीमा कम्पनी वालों की सख्त हिदायत थी, काम के दरमियान हुए हादसे ही मान्य होंगे। इस शहर में मुझसे पहले तीन मामले ऐसे बन चुके थे जिनमें सावधानीपूर्वक दुर्घटना करा कर रकम ली गई थी और फिर देनदारों को लौटाई गई थी। गन्नू और एजेंट इसी बिना पर बिना किसी घबराहट के बातचीत कर रहे थे। अपने मन की मैं खुद

भी नहीं जानता था, इसलिए उनकी बातचीत से जो रेशे छन रहे थे उससे मैं आगामी जीवन की कल्पना कर रहा था।

यह तो नहीं कह सकता कि पैर कटाना मेरी स्वेच्छा थी पर अभी मैं बैसाखी के बारे में सोच रहा था। बैसाखियाँ मैंने दूर-ही-दूर से देखी हैं। आज खुद को बैसाखी पर चलते देखने की कल्पना करते हुए मन में यह कौंधा, नकली पैर भी तो लगवाया जा सकता है। बैसाखी को बगलों में पकड़ते हुए कहीं घाव न हो जाए। यह भी कई बार होगा कि मेरा बेटा उसे लेकर खेलने चला जाएगा और मैं किसी जरूरी काम के लिए एक पैर पर कूदता हुआ जाऊँगा। पर एक दृश्य की कल्पना मैं चाहकर भी नहीं कर पा रहा था, जब मैं कटे पैर लेकर घर पहली बार जाऊँगा तब पत्नी का सामना कैसे करूँगा। क्या उसे गफलत में रखना सही है? वह समझ जाएँगी जब इस हादसे के बाद कुछ दिनों के लिए लोग मेरे पास आना बन्द कर देंगे, वे सब समझ जाएँगी। यह पूरा सोचना ही साँस लेना दूभर कर रहा था, इसलिए पूछ बैठा—कैसे होगा?

एजेंट ने बताया, चक्की जिस पट्टे के सहारे घूमती है, उसमें मुझे अपना पैर देना होगा। ध्यान रहे कि पैर ऊपर पड़े, तभी मैं लुढ़कते हुए चक्की की तरफ आ पाऊँगा, अगर कहीं बिजली मोटर की तरफ गया तो जान जा सकती है। गन्नू ने मेरे हाथ पकड़ लिये। वह दिल से दुखी था। कहने लगा—हमारी मजबूरी है भाई, वरना खून-खराबा किसे पसन्द होगा। यह भी कह बैठा—ध्यान देना कमलू, अगर हाथ या पैर से अलग कोई नुकसान होता है तब बीमा कम्पनी वाले शायद ही कोई रकम वापस करें। सत्तर हजार का नुकसान खामखाँ हो जाएगा।

एजेंट ने गन्नू की बात पर मीठा ऐतराज जताया—सत्तर नहीं साठ। दस तो हमारा बनता है। कइयों में बाँटना पड़ता है। मेरे मन में एक भावुक खयाल आया, सोचा कह दूँ अभी आप सत्तर मुझे दे दो, दस मैं आपको कमाकर दे दूँगा। पर मैं इतना-भरा बैठा था कि अगर मुँह भी खोलता तो रोने लगता, इसलिए चुप रहकर भी इस उम्मीद से एजेंट को देखता रहा, कितना अच्छा हो अगर यह मेरे मन की बात समझ जाए।

जब एजेंट ने अपना मुँह खोला, मुझे लगा वो मेरी बात समझ चुका है। पर उसने वाक्य का अद्धा चलाया—तो, कब उम्मीद करें? गन्नू, मुझ मरे का, मुँह देखने लगा। मैंने अपने मुँह पर दाहिना हाथ बजाते हुए कहा—कल। फिर कहा—दो-एक दिन का समय मिल सकता है क्या? गन्नू जैसे किसी पाप से छुटकारा पा रहा हो, कह बैठा—हाँ यार, चौथे रोज तक का समय ले ले तू। चाय के पैसे भी उसने ही दिये।

उनसे विदा लेने के क्रम में, मैं अपने पैरों को देखने लगा। शाम की भीड़ थी और लोगों की निगाह का खतरा मोल लेते हुए भी एक पैर पर चार-छः कदम उछलकर देखा। दाहिने पैर से उछलने में आसानी हो रही थी पर बायें पैर पर खड़े होते ही शरीर काँप रहा था। इस पर गन्नू ने समझाया, बाएँ पैर पर खड़े होते समय मुझे आगे नहीं झुकना चाहिए।

यह रकम अगर सत्तर हजार की होती तो सारे कर्जों और खर्चों से निजात सम्भव थी। लेकिन साठ भी कम नहीं होते। इतनी रकम के बाद मुझ पर मात्र पाँच हजार छः सौ रुपये का कर्ज बच रहा था,

वह भी मूलधन था। गन्नू ने बताया, इस नई रकम पर चढ़ने वाले ब्याज का गुणा-गणित वह शाम तक बता देगा।

शाम के नाम पर मुझे लगा, ये लोग कहीं फिर से घर न आ धमकें। मैंने ही खुलते हुए कहा, गन्नू गुरु पत्नी के सामने कर्ज-उवाम का जिक्र न किया करो। गन्नू, भला आदमी, को वह घटना जैसे याद थी, कहने लगा, बात बेबात हो गई थी और फिर मुँह से निकल गई। यह भी याद दिलाया, उस एक दिन के अलावा तो कभी कुछ नहीं कहा। यह कहने के बाद गन्नू और एजेंट मेरा मुँह देखने लगे इसलिए मुझे कहना पड़ा—नहीं। बिलकुल नहीं। देखा, सूरज मेरे ही दुख में डूबा जा रहा है।

स्थानीय कर्ज से लदा-फदा मैं अकसर झूठ बोलता था। कभी-कभी देनदार घर तक चले आते थे। वे आने से पहले खबर भेजते थे। पहली-दूसरी दफा मैंने जो भी सोचा-किया हो पर बाद के हरेक मौके मैंने इसी जुगत में निकाले कि बेइज्जती न हो।

जो देनदार थे उनकी मुश्किल यह थी कि सूद की कमाई पर ही उनका भी जीवन-यापन होता था। वे एक समूह, और धीरे-धीरे एक जाति में तब्दील न हो गए होते तो कोई उनसे उधार भी शायद ही लेता। वह बेहद आलसी, दुलरुआ और रंगबाज 'टाईप' के लोगों की जमात थी। मेरे मालिक ने नौकरी के पहले ही साल में गन्नू से परिचय करा दिया था और सुख-दुख के मौके पर कर्ज दिलाने की बात करते थे। मैं बचता-बचाता रहा। जब अजय पैदा होने वाला था तब हमारे सारे अनुमान गलत पड़ गए फिर भी हमने जैसे-तैसे परिचितों से उधार लेकर काम डगराया पर पिछले साल जब मेरा

अजन्मा बच्चा सुमित्रा के शरीर में था और ऐसी अनसुनी बीमारियाँ मिलीं कि मैंने बच्चे के लिए नहीं, सुमित्रा के लिए मालिक के पास गया और उन्होंने खुशी-खुशी आठ हजार का कर्ज दिलवाया था।

कर्ज के साथ 'इंडिया इंश्योरेंस' नाम की कम्पनी का फॉर्म भी भरा गया था। आठ में से एक हजार मुझे उस कम्पनी को देने पड़े, इस शर्त के साथ कि हर महीने के दो सौ रुपये मुझे अगले पाँच सालों तक उस कम्पनी को देंगे होंगे। एवजी यह थी कि इस दरमियान अगर मेरे हाथ या पैर सलामत नहीं रहे तो मुझे सत्तर हजार रुपये मिलेंगे। मुझे याद है, मेरे हस्ताक्षर वहाँ सही साँचे में उतर आए थे।

घर वापसी में प्रश्नवाची एक खयाल आया, कर्ज की जो बची रकम है क्या उस खातिर भी कोई बीमा करानी पड़ेगी? इसके आगे पीछे कुछ सोच पाता कि पाया, अजय मुझसे झूल रहा है। मैं आटे की गर्द से सना हुआ था। मैंने बरजा। पत्नी घर पर नहीं थी। कपड़े उतारकर अँगोछा बाँध लिया और लेटा तो सुकून वाली नींद आई। पहली नींद में ही पत्नी ने भोजन के लिए जगा दिया। जगने पर सबसे पहले मैंने अपने पैर टटोले। वो अपनी जगह पर थे। राहत का एहसास हुआ था। हँसी भी आई कि कर्ज उतरने का तरीका ही अभी हाथ आया है, जब तक कर्ज जमा न हो जाए तब तक की खामखयाली से बचना चाहिए।

यह सुकून था या उसकी तलाश कि रात बहुत दिनों बाद मैं सुमित्रा का बगलगीर हुआ वरना सुमित्रा बेटे को लेकर खाट पर रहती और मैं अपना बिस्तर जमीन पर लगाया करता था। सुमित्रा हालाँकि उल्टे करवट थी फिर भी मेरी आहट पाकर डुली।

जिस पल मैं उन्हें अपनी ओर खींच रहा था वो पल विगत दस-पन्द्रह वर्षों का सर्वाधिक चिन्तामुक्त और आत्मविश्वास से भरा हुआ था।

अचानक मुझे अपने पैरों की याद आई। मैं थमा, पीठ के बल पलटा और सुमित्रा से पूछा, मेरे पैर हैं क्या? अँधेरे में, सहमे हुए, उसने मेरे पैर टटोले और चिढ़ गई। मैंने फिर अपने हाथों से अपने पैर टटोले, पाया सही-सलामत हैं। हम दोनों करवट-करवट घूम गए। अपनी आवाज की परिधि भाँपने की खातिर पहले मैं गला साफ किया। फ्रीक्वेंसी सही थी और उसी लय पर सुमित्रा को बताया, बीमा वाले आए थे। परसों की तारीख तय है, बात पैर पर टूटी है।

कर्ज लेने के दिनों में ही सुमित्रा को बताया था कि अजूबा शर्तों वाले कागजों पर हस्ताक्षर करने पड़े हैं, उस वक्त भी मैं मुतमईन था कि यह सब दिखावे की बातें हैं। वरना ऐसे कोई करता है क्या? कर्ज के लिए दुर्घटनाग्रस्त हो जाना, वह भी जान-बूझकर...तब यह सम्भव नहीं लगा था। सुमित्रा चिन्तित और बेपरवाह के बीच कुछ दिखी थीं। जब बिजली मिस्त्री वाली खबर आई थी कि उसके हाथ काटकर बीमा की रकम वसूल की गई है, तब भी हमने यकीन नहीं किया था। आज भी जब सुमित्रा को बता रहा था, तो उनकी तरफ से मुझे कोई हलचल महसूस नहीं हुई। मैंने दुबारा अपने घुटने छुए पर मुतमईन नहीं हो पा रहा था। एक दृश्य मेरे सामने कौंधते-कौंधते रह गया कि लाख कोशिशों के बावजूद मैं सुमित्रा से प्रेम करने के नाकाबिल हो गया हूँ।

देर रात सुमित्रा ने मुझे जगाया। पूछा, और कोई रास्ता नहीं है? उनके पूछने का स्वर डोलता हुआ जाता था, ऐसा कि जो खयाल

मुझ पर सारा दिन कोई फर्क नहीं डाल पाया था उसकी स्मृति मात्र से मैं रोने लगा। मुझे ठीक-ठीक कारण पता होता तब शायद मैं चुप लगा जाता पर मैं खुद भी नहीं जानता था कि मैं किस बात पर रो रहा हूँ। मेरी रुलाई सुनकर हमारा बच्चा भी जग गया और उसकी रुलाई तेज थी। मैं पैर कटने के खयाल से रो रहा था या अपनी असहायता पर या अपनी बेरोजगारी-सी रोजगारी पर या लाचारी पर या इस भरे-पूरे शहर में मिले अकेलेपन पर या दुश्वारियों पर या कर्ज पर या पत्नी पर...मैं कुछ समझ नहीं पाया, इसलिए रोता रहा। सुमित्रा पास ही बैठी रही और जिसे चुप करा सकती थी यानी बेटे को, उसे चुप कराया।

मेरा रोना अहकने में तब्दील हो गया था और जब बेटा सो गया तब सुमित्रा ने कहा, यहाँ से निकल चलते हैं। मैं अपनी बेचैनियों में इस तरह गुम था कि इनकी बात का ध्यान नहीं धर पाया। कुछ देर बाद फिर दुहराया, यह शहर छोड़ देते हैं। मैं बार-बार अपने पैर छुए, सहलाए जा रहा था। इस एक वाक्य के बाद हम दोनों चुप हो गए। मैं खाट से उतरकर जमीन पर चला आया और सारी रात जगा रहा।

शहर छोड़ना गलत होगा, जैसी धुन समूची रात मेरे भीतर बजती रही। दूसरे कर्जदारों पर शामत आएगी। अभी यह तौर नया है इसलिए बाकायदा पूछताछ कर रस्में पूरी की जा रही हैं, अगर मैं भाग गया तो सचमुच की दुर्घटनाएँ घटने लगेंगी। एक मन यह भी कहता था, मात्र आठ हजार रुपये के लिए इतनी बड़ी सजा? आठ हजार या सत्तावन हजार? कर्ज आठ ही लिये थे।

तो क्या हुआ, ब्याज की शर्तें भी तो साथ ही स्वीकारी थीं। वह मजबूरी थी। तो यह उनकी मजबूरी है।

एक दूसरा खयाल भी बार-बार, लगातार, आ रहा था—काश मेरा कोई रिश्तेदार होता जो इतने पैसे मुझे इकट्ठा ही दे पाता। ऐन इसी पल दूसरे अज्ञात कर्जदारों की फिक्र हो आई। लगा, वे ही मेरे रिश्तेदार हैं और फिर भी मैं उन्हें जानता नहीं हूँ। कर्ज का यह कारोबार इस दबे-ढँके ढंग से होता था कि किसी को जान पाना असम्भव था। यह भी सम्भव था कि कर्ज वसूलने के लिए जब लोग आपके घर आते हैं और जिन पड़ोसियों के सामने किसी भी शर्मिन्दगी से बचने के लिए आप सारी जोड़-जुगत कर रहे हों, उन्होंने भी कर्ज ले रखा हो और वो इन लोगों को देखकर ही सारा माजरा समझ जाएँ। फिर भी सारी कोशिश यही होती थी कि एक भी आवाज ऊँची न होनी पाए, पड़ोस के छज्जे को कोई शोर लाँघने न पाए।

मैं गन्नू को धोखा नहीं देना चाहता था। दूसरी तरफ अन्य लेनदारों का जीवन साफ-साफ देख पा रहा था। पर मुझे अपना जीवन भी उतना ही प्यारा था, मैं जीना चाहता था। मेरे और अजय में शर्त लगी थी, मैं जल्द ही एक टी.वी. खरीदूँगा और दोनो बाप बेटे बैठकर टी.वी. देखेंगे। दरअसल अजय दूसरों के घर, टी. वी. देखने चला ज़ाता था। मुझे जीवन के किसी मोड़ पर खुद की आटा चक्की डालनी थी। मुझे अपना शरीर चाहिए था। एक। सम्पूर्ण।

रात के तीन-साढ़े तीन बजे पत्नी ने कहा—आज सुबह।

यह उम्मीद मुझसे रूठ चुकी थी कि मेरे पैर अब सही-सलामत रह सकते हैं। शायद सुमित्रा के जेहन में कोई दूसरा शहर हो, जहाँ हम जा सकते थे। मैं शिद्दत से चाह रहा था, ऊठूँ और सामान बाँधने में पत्नी का साथ दूँ। पर लेटा रहा। अनायास ही मेरे हाथ बाएँ तो कभी दाहिने पैर पर चले जा रहे थे।

यह आत्महत्या के बराबर ही था पर विदा से पहले मैं कम-से-कम एक दिन इस शहर को, अपने शहर को, देना चाहता था। माना कि मेरा मददगार कोई न था और मदद की शर्त अख्तियार करें तो मैं ही किस(के) लायक था। लेकिन शहर में मेरे जानकार थे। सुमित्रा का तो शहर ही यही था। कोई इतना निर्णायक और इतना क्रूर भला कैसे हो सकता है? उनके पिता का घर, भाइयों की नौकरी। मुहल्ले के इतने परिचित। मेरे मन में शहर का नक्शा तैर रहा था। मेरे गाँव के सुदर्शन भर मटियारी चौक पर गोलगप्पे का ठेला लगाते हैं। वर्ष में एक बार उनके यहाँ जाना होता था। सत्ताईस-अट्ठाईस किलोमीटर दूर साइकिल से जाने के बाद थकान और निराशा में उनसे मिलने के मन नहीं होता था। बातें उखड़ जाती थीं। वह कहते थे, आज रुक जाओ। मैं हर वर्ष वापसी की राह में तय करता था, अब कभी इस डगर नहीं आना। फिर भी, न मालूम, कैसे साल बीतते-न-बीतते राह की सारी मुश्किलें पसीज जातीं।

भोर का तारा हमें राह दिखाकर रेलवे स्टेशन तक लाया, अजय की नींद नहीं खुल रही थी।

जब मैंने याद करना चाहा, किन-किन को मेरी स्मृति रहेगी? नाम से नहीं, पर कई सारे ग्राहक चेहरे से याद आए जो आटा चक्की पर

आकर मुझसे बातें करते हैं। मुझे अबूझ भी लगा कि उस उम्र तक मैं दोस्तों की जमघट नहीं लगा पाया। जो दोस्त थे छूटते गए। कुछ दोस्तों की स्मृति से हँसी भी आई जैसे हरीश। बचपन में हम दोनों साथ-साथ असफल हुए पर बड़े होकर उसने इसी शहर में स्कूल का व्यवसाय डाल लिया। उसका नौकर गेहूँ की बोरी लेकर आता है, जो मुझसे उड़िया में बात करता है। भाईना कहकर बुलाता है। मित्रवत हो चला है।

जब रेलगाड़ी रफ्तार पकड़ने लगी तब मुझमें साहस की एक-दो साँस आई : क्या पता बीते शहर में हमारे साथ कुछ भी बुरा नहीं होता? इस खयाल से राहत मिली और उस राहत से नींद।

नींद के भीतरी फाटक पर यह प्रश्न दिखा : हम जा कहाँ रहे हैं? पत्नी कुछ बोल रही थीं पर नींद के भीतर उसकी आवाज खुल नहीं रही थी। मैंने यह भी देखा कि हम दोनों तय कर रहे हैं, आगे का काम आटा चक्की पर नहीं।

कितनी बार मुझे उनके चेहरे दिखे जिनका कर्ज मुझ पर था। मुझे उन्हें लेकर तकलीफ थी, जैसे किसी से झूठ बोलने के बाद होती है। आप बड़े-से-बड़ा अपराध कबूल कर सकते हैं पर झूठ बोलना नहीं। मुझे अपना ही नहीं दूसरे का स्वीकारना भी भयावह लगता है कि उसने मुझसे झूठ बोला।

करीब चौबीस घंटे के सफर के बाद हम जहाँ उतरे उस शहर के नाम में कोई रस नहीं था कि याद रह पाता। हवा में कस्बे का आलस्य गन्ध दे रहा था। दो दिन हमने शहर के चक्कर लगाए। कोई भी काम अगर हमें मिल जाता, मुझे या मेरी पत्नी को, तब मैं बाहरी छोर वाले आटा चक्की पर न जाता।

यहाँ भी मालिक एक ही था पर मशीन नई थी। ऊँची। लकड़ी के फट्टों को ऊँचाई पर रखकर इस तरह बनाया गया था कि चक्की के मुँह में गेहूँ का बोरा खाली किया जा सके। मुझे खुद भी नहीं याद कि मैंने ऐसा क्या कहा था जिससे उन लोगों ने मुझे काम पर रख लिया। मुझे याद है मैंने एडवांस माँगा था। मुझे लगा, मैं अब भी सपने ही में हूँ, जब वो एडवांस के लिए तैयार हो गए। यहीं मुझे मालूम हुआ कि मैं चक्की का कामगार नहीं बतौर घर का नौकर काम पर लिया गया हूँ। मालिक ने मेरा नाम पूछा। फिर मेरा नाम पुकारते हुए कहा : यह सामान घर ले जाओ, पैसा वहीं मिल जाएगा।

जब मैं सामान की वह बोरी उठा रहा था तो पाया कि उसके नीचे की जगह सीली हो गई है। यह सब कुछ एक पल में देखा गया-समाप्त हुआ, दृश्य था। बोरी उठाने के बाद मुझे दिखा था कि घास का एक दबा हुआ टुकड़ा उठ गया है। जैसे कोई नींद से जगता हो। जब मैंने बोरी सर पर रख लिया तो पाया कि घास के नुकीले तिनके सिर में चुभ रहे हैं। मुझे दूरी का अन्दाजा होता तब बोरी उतारकर पहले घास झाड़ लेता। पर मुझे अन्दाजा नहीं था। दूसरे, मुझे पत्नी को यह बताने की जल्दी थी कि यहाँ काम मिल जाता है।

इस शहर में अप्रिय सिर्फ इतना हुआ कि हम दोनों, पति-पत्नी, को एक ही घर में नौकर का काम मिला। इसलिए भी मुझे चक्की पर रहना अच्छा लगता था। सेठ की दिली इच्छा थी कि अजय भी काम पर लग जाए। हमें भी खैर मनाने की मोहलत नहीं थी फिर भी इस उम्मीद पर कि जब तक चलता है, चले, हमने अजय का दाखिला नजदीक ही एक विद्यालय में करा दिया।

(पर तुम पूछोगे कि मैं यह सब क्यों बता रहा हूँ?)

सेठ ने शहर के सबसे पुराने मुहल्ले में, झगड़े में फँसे एक मकान के नीचे का एक कमरा दिया है। यह मकान किसका है नहीं मालूम। यह मकान अपने बासिन्दों पर गली की तरह खुलता है। ऊपर के सारे तल्ले बन्द हैं फिर भी लगता है कि पुकार आती रहती है। कोई नाम लेकर बुलाता है। उस पुकार में इतनी लचक होती है कि मानो कोई बहुत पुराना परिचित बुला रहा हो, जिसके जबान पर रगड़ खाकर नाम लचक गया है।

इस शहर में आए बहुत दिन बीत गए थे।

रात के दस या ग्यारह या बारह जैसा कुछ पूरे शहर में बज रहा था। बाहर से शोर जैसी आवाज आई। पहले हमने मटिआया। लेकिन आवाज आती रही। मैंने पत्नी से कहा, देखूँ? उसने कहा, नहीं। मैं बाहर निकलने लगा। बेटा मेरे साथ हो लिया।

उस गलियारे की यात्रा तीस से चालीस फीट-भर की होगी। इतनी छोटी जिनमें आप कल्पना की शुरुआत भी नहीं कर सकते। कुछ सोचना शुरू करता इसके पहले ही मैं, बेटे के साथ, सड़क पर था। वहाँ जो चबूतरा था उस पर सात से आठ नौजवान थे। ज्यादातर तो नई उम्र के थे पर दो या तीन ऐसे थे जो देखकर ही पेशेवर बदमाश जान पड़ते थे। इनमें से एक वह था जो हाल फिलहाल ही एक पत्रकार की जासूसी करते हुए पाया गया था और जब पकड़ा गया तो पत्रकार की ही पिटाई करने लगा था।

यह सब मैं उतने ही देर में सोच पाया जितनी देर मैंने उन्हें देखने में लगाई। यह जरूर था कि मैंने उनकी ही तरफ देखा था।

करीब तीन से चार सेकेंड। ईमानदारी से बताऊँ तो मेरे देखने में नहीं था तो भी इतना तंज तो था कि इतनी रात में शोर करने की क्या जरूरत? फिर भी मैंने वापसी की राह ली।

उन लोगों ने आवाज लगाई। मैंने वापसी की अपनी चाल तेज कर दी। पाया कि अजय भी मेरे पीछे-पीछे भागने के अन्दाज में चल रहा है। हम कमरे के ठीक सामने थे कि दो लोगों ने पीछे से मेरे कन्धे पर हाथ रखा। पूछा, अरे रुको भाई।

मेरे पास एक से दो पल था। उनके हाल देखकर निर्णय लिया कि घर का दरवाजा खुलते ही ये लोग तीनों को बाहर निकाल लेंगे। इसलिए गनीमत इसी में समझी गई कि मैं, अजय को लेकर, इनके साथ बाहर निकल आऊँ।

जो इनका मेठ था, उसने पूछा : क्या देखने आए थे? मेरे अपने स्वाभिमान का कोई मामला न था। होता भी तो मैं इनकी बातों का जवाब नहीं देता। पर मेरे साथ मेरा बेटा था। हर पल मुझे यही लग रहा था कि यह बच्चा इस पूरे मामले को कैसे देख रहा है? मैं उसकी तरफ नहीं देख रहा था पर उसकी नजरें मेरे समूचे वजूद पर महसूस हो रही थीं।

मेठ ने फिर दुहराया। इस बार के दुहराने में एक रेघाना शामिल था : क्या देखने आए थे? मैंने, बेटे की नजर का खयाल रखते हुए, कहा : बहुत शोर हो रहा था। जवाब देते हुए ही मुझे लग गया था कि किसी भी पल ये लोग मार-पीट पर उतर आएँगे। अगर मैं इस शहर का बाशिन्दा होता तो शायद ये लोग मेरे देखने का खयाल नहीं करते। हो सकता था कि मेरी इज्जत भी करते।

पर कुछ भी अनुमानित नहीं हुआ। वो लोग तू-तड़ाक पर उतर आए। फिर गाली गलौज पर। मेरी मुश्किल थी कि न ही मैं इनसे उलझना चाहता था और न ही यह चाहता था कि कल को अपने बेटे से भी निगाह न मिला पाऊँ। इसलिए विनम्रता की सारी पोटली उड़ेल दी। फिर भी वो लोग नहीं माने।

एक ने पूछा : तू नेता है क्या बे? मैंने 'बे' को भी जाने दिया। मुझे लगा, क्या पता बेटा 'बे' के आशय से अनजान हो। मैं जब भी परिचय निकालने जैसी बात करता जैसे, मैं भी इसी गली में रहता हूँ, आप सब मेरे पड़ोसी हैं,...वे लोग मुझे जवाब में एक गाली थमा देते। सामने ही सड़क पर आती-जाती तेज रफ्तार गाड़ियों के शोर में अगर किसी की गाली खो जाती तो वह लड़का, गाड़ी के गुजरने के बाद, शोर की परछाईं तक के गुजर जाने के इन्तजार के बाद वही गाली दुबारा देता। हर गाली सुनने के बाद, मैं इतना ही कहता, ऐसा न कहें भाई। एक ने हँस के यह भी कहा कि यह तो हिन्दी बोल रहा है।

हर गाली पर मेरा बेटा मेरी तरफ देखता। मैं नहीं समझना चाहता कि मुझसे क्या उम्मीद लगाए बैठा था। एक ने पूछा : तुम, नौकर कहीं के, तुम चले हो शहर का थानेदार बनने। इस एक बात से मुझे लग गया कि इन लोगों को हमारे बारे में सब पता है। मैंने तय कर लिया कि अब इनकी किसी भी बात का जवाब नहीं देना है। देर तक वे लोगों गालियों में लपेटकर मुझसे तमाम बातें कहते रहे। मैं यह सोचता रहा कि बेटा इनमें से कुछ भी समझ नहीं रहा होगा।

जब उन्हें लग गया कि वो मुझे उकसा नहीं पाएँगे तो उनमें से एक मुझे जोर का धक्का दे दिया। मुझसे बेटे का हाथ छूट गया और मैं सड़क पर जा गिरा। एक गाड़ी गुजरी जो मुझे कुचले बिना ही निकल गई। उन लोगों को भी शायद दुख हुआ इसलिए वो लोग वहाँ से भाग गए।

मैंने महसूस किया कि बेटा मेरे पास आकर बैठ गया है। मुझे राहत हुई। बैठी हुई मानव आकृति को देखकर गाड़ियाँ एहतियात बरतेंगी। मैं देर तक गिरा रहा। मुझे उम्मीद थी कि देर तक गिरे रहने से वे लोग सचमुच में चले जाएँगे। यह सावाधानी बरतते हुए मैं सड़क पर लगभग पसर गया। मुझे आश्चर्य तो तब हुआ जब पाया कि सड़क के रोम छिद्रों में से घास मुझे चुभ रही थी। लगा कि घास को भी उगने की यही जगह मिली है।

गाँठ

जज साहब दरअसल न्यायिक अधिकारी थे लेकिन देवरिया ने अपने शहर का मान ऊँचा करने वाले इस अधिकारी को जज साहब का नाम दे रखा था। उपभोक्ता अदालत में पद-प्रतिष्ठित और प्राण-प्रतिष्ठित थे। इस शहर के दायरों में दोनों पदों, न्यायिक अधिकारी और जज साहब, के अर्थ छलककर एक-दूसरे में मिल गए थे।

जज साहब इस कहानी में आने के प्रश्न पर इन्तजार करा रहे हैं इसलिए पहले अपने मामा जी की बात कर लूँ।

धर्म की तरह देवरिया में शेखीबाजी भी एक जीवन-शैली है।

मेरे मामा जी, कर्मेन्दु शुक्ल, इस जीवन-शैली से दीक्षित हैं।

अब तो उनके भांजों की सफलता, अपने बच्चों की शानदार शिक्षा और करियर से जुड़े तमाम किस्से आ गए हैं लेकिन एक वक्त था कि वे इस बात को भी उतनी ही शान की छौंक से बघारते थे कि उनका भतीजा विमलेश गाय के थन से ही दूध पीता है।

मैं उन दिनों छोटा था और मामी जी का दुलारा भी था इसलिए आये दिन वे अपने गाँव मुझे बुलवाती थीं और मैं स्कूल से बचने के नाम पर कुछ भी करने को तैयार, हफ्तों के लिए, वहाँ टिक जाया करता था। विमलेश से मेरी दोस्ती इन्हीं कायदों से उपजी थी और तब तक चली जब तक शिक्षा के नाम पर मुझे लखनऊ नहीं पठा दिया गया था।

उससे मैंने पूछा भी था कि थन से दूध पीने वाली बात कितनी सच है? उसने भी शेख़ी की पिपिहरी बजाना सीख लिया होगा, इसलिए हुमचते हुए स्वीकार कर लिया।

एक दिन, अलबत्ता, मुझे यह दृश्य देखने को मिला था, जिसमें मामा जी गाय दूह रहे हैं, बाल्टी भर चुकी है, नानी डँस नामक कीड़े से गाय को बचाने के लिए कपड़ा हाँक रही हैं और बाल्टी भरने के बाद छानी खोलेंगी, इसके तुरन्त बाद बाछा छोड़ दिया जाएगा ताकि वह भी दूध पी सके, इसी किसी पल में विमलेश को लगभग धकियाते हुए पेश किया गया था। विमलेश बाबू ने चेहरा भींचकर, आँखें मूँदकर अपना मुँह खोला था और मामा जी ने गाय की एक छीमी के दूध के धार का रुख विमलेश के खुले, तने मुँह की ओर कर दिया। मैंने जो देखा वह यह कि विलमेश के पूरे मुँह पर दूध फैल गया है और धार की चोट से उसने मुँह बन्द भी कर लिया है।

लेकिन धीरे-धीरे जो याद बचती गई उनमें मामा जी की शेख़ी छन कर बाहर हो गई थी। स्मृतियों में मामा-मामी की आत्मीयता बची रह गई थी। और ममेरे भाई-बहनों का प्रेम।

गाँठ

मैं वर्षों बाद लौट रहा था।

रात की रेलगाड़ी थी। तकरीबन दो बजे पहुँची थी। मना करने के बावजूद मामा, मामी, राघव और रिद्धि मुझे लेने आए हुए थे। सोशल मीडिया पर इन दोनों, रिद्धि और राघव की उपस्थिति को छोड़ दें तब मैं उन्हें दस वर्षों बाद देख रहा था।

रिद्धि गाड़ी में ही बैठी हुई थी लेकिन बाकी के तीन जन मुझे लिवाने के लिए प्लेटफॉर्म तक आए हुए थे। दंड-प्रणाम के बाद उलाहना दिया कि गाड़ी भेज दिया होता।

गाड़ी में दोगुने चमत्कार की तरह रिद्धि दिखी। मामी से फिर शिकायत लगाई कि जब इसका शगुन उठ गया है तब इसे बाहर लेकर क्यों आईं? मामी मेरे इस याददिहानी से अतिरिक्त खुश हो गई थीं। रिद्धि को एक पनीली डाँट पिलाने के बाद मेरे रूखे बालों को आशीर्वाद के अन्दाज में स्पर्श करते हुए कहा, "यही मेरा बेटा है जो धरम-करम के सब नियम जानता है।" इसके बाद उन्होंने राघव को हल्की एक चपत लगाते हुए कहा, "पूछो अपने भाई से, पढ़ा-लिखा है और तब भी यह जनेऊ पहनता है। कितनी गाँठ वाला जनेऊ पहनते हो बेटा?"

मैं जवाब देता इससे पहले ही राघव ने हँसते हुए कहा था, "क्या छेड़ दिया भईया आपने, अब महीने तक सुनना होगा।"

मैंने हँसते हुए और अँकवार में भरते हुए कहा था, "जल्दी हॉस्टल चले जाना।"

जब मामी को लगा होगा कि उनके बरजने का ऐच्छिक प्रभाव होता नहीं दिख रहा तब उन्होंने सबको सम्बोधित कर यह बात कही थी

कि ब्राह्मण होकर जनेऊ न पहनना पाप है। वे कुछ और भी कहतीं लेकिन उसी वक्त कहानी में जज साहब आ गए थे। मामा जी ने बातों का रुख गाड़ी के खिड़की की तरह खोलते हुए कहा, "कल सतीश को जज साहब से मिलवाने ले जाऊँगा।"

गाड़ी को राघव चला रहा था।

रात के उस पिछली पहर में, जब थकान और नींद तारी थी, यह भाव खुशी से भर गया था कि राघव गाड़ी चला रहा था। आखिरी मुलाक़ात के वक्त पाँचवीं या छठी का छात्र रहा और अब क्या खूब कद निकल आया था। दोनों इतने प्यारे और अपरूप सुन्दर लग रहे थे कि इन्हें देखते ही मन जुड़ा गया था।

ये दोनों मुझसे आठ-दस वर्ष छोटे थे। मेरे सगे भाई हरीश के समौरिया। रिद्धि और हरीश दोनों डॉक्टरी की थकाऊ पढ़ाई पूरी कर चुके थे। हरीश चंडीगढ़ और रिद्धि बंगलौर के एक नामी अस्पताल में नौकरी कर रहे थे। राघव अलबत्ता डॉक्टरी की अपनी पढ़ाई के आखिरी वर्षों को जी रहा था।

मामी का जनेऊ-जिक्र मुझे भी अटपटा लगा था क्योंकि इन नये रंगरूटों की पढ़ाई-लिखाई के समक्ष अपने सिंगापुरी जीवन और मार्केटिंग की नौकरी को एक जरा हेय समझने की गुंजाइश निकल आती थी।

बातचीत की उस पूरी रौ में मेरे अलग-थलग पड़ने का भाव था।

मेरे पास बतलाने के लिए दोनों तरह की बातें थीं, जनेऊ पहनने के पाखंड से दूर होने की भी और इसे वापस अपनाने की भी।

गाड़ी में दोनों तरह के श्रोता थे इसलिए खुद को मन-ही-मन बतलाकर रह गया था।

शायद ही किसी को पता हो लेकिन इंटरमीडिएट के बाद, अभियांत्रिकी और प्रबन्धन की पढ़ाई तक मैंने जनेऊ पहनना छोड़ दिया था। यह सिलसिला नौकरी के शुरुआती कुछ वर्षों तक चला। वह तो भला या बुरा, जो भी होना हो, हो, नौकरी, पैसा, परिवार और जीवन से उपजे खालीपन का कि वापस मैं धार्मिक हो चुका था। बचपन की स्मृति से खींचकर हनुमान चालीसा को अपनी अधेड़ावस्था में लाया था और स्नान करते हुए उसे बुदबुदाता था। चालीसा को बुदबुदाने से आवाज बुलबुले की तरह फूटती थी।

किस वक्त हुआ होगा यह समझ पाना कठिन है लेकिन मुझे इल्हाम हुआ होगा कि मांस-मदिरा व्यसन का त्याग करते और जनेऊ पहनते ही मैं पुनः अपनी पहचान और अपना धर्म पा लूँगा। उस उनींदी कार में सबको अगर बताता कि सिंगापुर में जनेऊ खोजना कितना दुर्निवार काम था तब हँसते-हँसते इन सबकी जाग खुल जाती लेकिन मैं उस खुशी को देर तक जीना चाहता था जो मुझे इस बार देवरिया आकर, मामा-मामी के साथ होने को लेकर मिल रही थी।

कहने को तो यह था कि मामा और मामी की जिद और उनके लगातार अनुरोध से मैं देवरिया आया हुआ था लेकिन हकीकत कुछ और थी। मैं सचमुच आना चाहता था। रिद्धि का ब्याह एक तर्क हो सकता था लेकिन यह भी सच था कि देवरिया की तरफ झाँके हुए भी दस वर्ष बीत गए थे।

कुछेक वर्षों से लगने लगा था कि अपने गाँव-नगर की ओर

भी कभी रुख करते रहना चाहिए। यह बात किसी एहसास की तरह साथ रहने लगी थी कि देवरिया मेरा जिला है, मेरा शहर है, इसलिए मुझे वहाँ जाना चाहिए। इस अन्तराल में गाँव जाने के कुछेक मौके आए थे लेकिन वे कुछ यों कि नजदीकी हवाईअड्डा बनारस होने के कारण वहाँ से उतरकर रेलगाड़ी पकड़ना और फिर सलेमपुर या लार-रोड उतरकर अपने गाँव चले जाना, यही सिलसिले थे।

मामी अलबत्ता बहुत खुश थीं। उनकी उलाहना महज इतनी थी कि पत्नी स्वधा और बेटे शान्तनु को साथ लेकर क्यों नहीं आया।

कार की हमारी यात्रा बमुश्किल पन्द्रह मिनट की थी लेकिन इस बीच कम-से-कम दो बार मामी ने कहा कि बहुत अच्छा किया बेटा जो तुम आए। कह नहीं पा रही थीं लेकिन वे कहना यही चाह रही थीं कि उन्हें उम्मीद नहीं थी, बहन की शादी में शामिल होने मैं समुन्दर पार से आऊँगा।

अगर देवरिया जरा भी बदला हुआ नहीं लग रहा था तब इसकी मुख्य वजह थी कि मुझे पहले वाला देवरिया ही ठीक-ठीक याद नहीं था। जो कुछ दिख रहा था स्मृतियाँ उसे 'टिक' करती जा रही थीं। जैसे सारा कुछ देखा हुआ हो। वापसी के वक्त जब मुझे याद आता कि स्टेशन बदला हुआ है, गाड़ियाँ अब दूर पार्क की जा रही हैं, तब तुम्हें अचम्भा होता कि यह बदलाव पहले ही दिन जेहन में क्यों नहीं दर्ज हुआ था। मैं यह भी सोचने वाला था कि क्या बदलाव अपने दर्ज होने के लिए समय और राहत की माँग रखते हैं।

वही हाल दूसरी जगहों का भी था। यहाँ आने से पहले अगर किसी ने पूछा होता कि देवरिया का पूर्वी विस्तार कहाँ तक है, तब मैं कहता बस स्टैंड तक। लेकिन उस दिन मैं देख चुका था कि सोनू घाट को भी देवरिया ने अपनी गहराई में समेट लिया है।

यह सब देखना जाने क्यों मन को सुकून दे रहा था। मन में एक तमन्ना अँखुआ रही थी कि काश इस वापसी की तर्ज पर एक स्थायी वापसी हो। इसलिए जब, जिक्र मात्र के लिए, मैंने मामा जी से प्लॉट हेतु जमीन का भाव पूछा तब वे खुश हो गए थे। उनका कहना था कि अगर मुझे लेना है तब वे देवरिया के सर्वोत्कृष्ट कॉलोनियों में प्लॉट लेने का सुझाव देंगे।

जमीन का भाव सुनकर दाँत रँग गए थे।

राघव ने नहीं लेकिन रिद्धि ने इस पूरे संवाद पर टिप्पणी की थी। कहा था, भइया, मजेदार जगह नहीं है। बिहार के सीमावर्ती इलाकों से आने वाली और बिहार छोड़ने पर आमादा आबादी ने जमीन के दाम बढ़ा रखे हैं, आप बनारस, लखनऊ में 'इन्वेस्ट' करने की सोचिए।

मुझे अच्छा लगा। मुझे यह अच्छा लगा कि कल के बच्चे आज अपनी राय रख रहे हैं और न सिर्फ रख रहे हैं बल्कि उसे सुझाव के बतौर प्रस्तुत कर रहे हैं।

अगले दिन बेतैयारी यह हुआ कि मैं विचारों की शान पर चढ़ा दिया गया था।

बिटिया की शादी से प्रफुल्लित मामा जी जहाँ भी जा रहे थे,

राघव के बजाय मुझे साथ में ले जा रहे थे। दरअसल प्लॉट लेने वाली बात को उन्होंने गम्भीरता से लिया था। कई दलालों से बात कर चुके थे। उनका कहना था कि दो-तीन प्लॉट रास्ते में हैं, लौटते वक्त उन्हें देखते हुए आएँगे।

उस दिन जिस किसी से भी मिले, उसके सम्मुख मामा जी ने मुझे प्रशस्ति-पत्र की तरह पेश किया था। चौंतीस वर्षीय मेरे मन को यह सब नागवार गुजर रहा था। मैं यह जानता था कि वे शेख़ी नहीं बघार रहे थे। वे लोगों पर रुआब जमाने के बजाय बस अपनी पीढ़ी की मेहनत दर्ज कराना चाहते थे। जैसे मेरे अनुज हरीश का परिचय वे इस तरह देते थे, "भूलनडीह के मास्टर साहब को जानते हो न। पेट काटकर बेटों को पढ़ाया। यह बड़ा वाला सिंगापुर में नौकरी करता है और छोटा बेटा चंडीगढ़ पीजीआई में डॉक्टर है।"

अगर मनमाफिक भाव मिलता तब वे अपने संघर्ष की कहानी भी सुनाते। यह बताते हुए कि दोनों बच्चों को डॉक्टर बनाने में उनका खून-पसीना एक हो गया, वे जरा झेंपते थे। कोई दूर से सुनता, जरा अनमने से, तब कहता कि मामा जी को इन दिनों अपने बच्चों के साथ हम दोनों भाइयों की सफलता और अपने संघर्षों के किस्से सुनाने का दौरा-सा पड़ने लगा था।

हुआ यह होता कि जज साहब यानी न्यायिक अधिकारी श्यामलेन्दु मणि मिश्र के घर भी न्यौता और न्यौते की मिठाई थमाते हुए मामा जी

अपनी बातें कह लेते और वे सुन लेते, हाँ हूँ-सा जवाब देते, बिटिया के विवाह की बधाई देते, लग्न तेज होने के बावजूद, अनगिन न्यौता गिरने के बावजूद समय पर पहुँचने का वादा करते और हमें चाय-नाश्ते के बाद विदा कर देते।

लेकिन हुआ यह कि उन्होंने मामा जी की बातों में दिलचस्पी दिखा दी थी। वजह भी थी।

उनके घर के बाहर जब हम पहुँचे थे तब मामा जी ने इनका भतेरा बखान मुझसे बताया था। उनकी बातों से लग रहा था कि जज साहब कोई थाती हैं जिसे वे सँजोकर रखना चाहते हों। जज साहब के तेज से लगभग डराते हुए कहा था कि उनके पैर छू लेना।

हमलोगों को जरा इन्तजार करना पड़ा था। इस इन्तजार के दौरान एक युवती पानी के दो सुनहले ग्लास लेकर आई थी और मामा जी को नमस्ते किया था। मेरा भी अभिवादन किया था। उसके जाने के बाद मामा जी ने उसका नाम 'सुनिधि' बताया था और बताया था कि सिविल जज की परीक्षा पास कर चुकी है, नियुक्ति-पत्र सम्भवत: आ चुका है या आने ही वाला है।

इतना सब बतलाकर मामा जी चुप हो गए थे। जब जज साहब के आने में विलम्ब बढ़ने लगा था तब मेरी आँखें स्वत: ही उस बैठकनुमा कमरे का मुआयना करने लगी थीं। सामने शीशे की आलमारी थी और उनके तीन पटनियों में से केवल ट्रॉफियाँ और शील्ड ही झाँक रहे थे। उमाऊम भरी हुई आलमारी।

उन्हें देर तक देखने के कारण मामा जी ने मेरी आँखों का पीछा किया और आलमारी के पास पहुँचकर बताने लगे थे कि

उसमें जज साहब की तीनों बेटियों द्वारा जीते गए इनाम हैं। तीन दीवारें तीनों बेटियों की तसवीर लिये हुए थीं।

मामा जी ने सबके नाम बताए थे और बताया कि बड़ी दोनों बच्चियों की शादी हो गई है। मैं तीसरी बच्ची का नाम ही याद रख पाया क्योंकि उसका नाम दुबारा सुन रहा था।

जब सुनिधि अपने पिताजी के पीछे-पीछे हम सबके लिए चाय लेकर आई थी तब मैंने उसे नाम से पुकारकर पानी का एक अतिरिक्त ग्लास मँगाया था। नाम सुनना उसे अच्छा लगा होगा क्योंकि मेरे द्वारा पुकारे जाने को उसने अभ्यस्त अन्दाज में नहीं बल्कि चकित होकर सुना था। अपरिचित का यह परिचय उसे अच्छा लगा होगा। अजनबियों से कभी-कभी एक नजर में परिचय होता है और एक अदृश्य-सा धागा जुड़ जाता है। उनके बारे में भला सोचने का मन करता है। जब वह पानी का ग्लास लेकर आई तब मैंने उससे उसकी सम्भावित नौकरी के बारे में पूछा था। उसने बड़ी खूबसूरती से बताया था कि वह नौकरी कर लेगी लेकिन उसकी इच्छा कानून की वृहत्तर पढ़ाई की थी और भविष्य में वही करने वाली थी।

जब जज साहब आकर बैठे तब तक मैं भूल चुका था कि उनके पैर छूने हैं। मामा जी बीच के सोफे पर थे और लपककर उन्होंने पैर छू लिया था इसलिए मैं भी आगे बढ़ा। दोनों के लिए आशीर्वाद में उन्होंने "जीअऽ" कहा था।

यहाँ मामा जी का सुर बदला हुआ था। वे अपने बच्चों या हम भाइयों के बारे में न बताकर जज साहब के संघर्षों को उनके ही सामने मुझे बता रहे थे। जज साहब शुरू में मुझे देखते रहे और जब

उनकी अपनी तारीफ नाकाबिल-ए-बर्दाश्त हो गई होगी तब उन्होंने पूछा था, "बाबू का परिचय?"

मामा जी इस टिप्पणी के लिए तैयार न थे वरना वे सिर्फ इतना न कहते, "ये? ये मेरे भांजे हैं।"

इस वाक्य के बाद भी वे जज साहब के बारे में कुछ देर तक बताते रहे। खासकर उनके साहस के किस्से। देर उन्हें इस बात को बताने में लग गई कि कैसे एक कंज़्यूमर कोर्ट में एक ग्राहक ने इन पर ही बन्दूक तान दिया था।

मुझे हँसी तो नहीं लेकिन हँसी जैसी कोई चीज इस बात पर आई कि कैसा निरीह आदमी रहा होगा जिसके हाथ में बन्दूक हो, वह सामने वाले शख्स पर निशाना लगाए हुए हो और फिर भी सामने वाले से पिट जाए।

मुस्कान और चौड़ी आँखों को मेरा विस्मय समझते हुए मामा जी वापस मेरे परिचय पर आए। पहले वाले संक्षिप्त परिचय का अफसोस रहा होगा क्योंकि इस बार उन्होंने आईआईटी-आईआईएम-सिंगापुर से न शुरू कर छठवीं कक्षा में मिली छात्रवृत्ति से प्रारम्भ किया था। इनके सुनाने जितना मजेदार ही जज साहब का सुनना भी था।

तल्लीन थे।

मैं उनके घर की दीवारों को देखने के क्रम में इतना गुम हो गया था कि इनकी बातचीत पर मेरे खयाल भाई के नाम से वापस लौटे। मामा जी बता रहे थे कि छोटा भांजा चंडीगढ़ के पीजीआई में डॉक्टर है और आगे की पढ़ाई भी कर रहा है। इसके बाद देर तक वे पिताजी के संघर्षों के बारे में छानते रहे।

अनुभव से जानता था कि बातचीत अब उनके अपने संघर्षों की तरफ मुड़ने वाली थी। तभी जज साहब ने पूछा, "क्या नाम बताया आपने?"

मामा जी ने और मैंने, दोनों ने, एक साथ जवाब दिया, "सतीश पाण्डेय।"

जज साहब ने कहा, "मैं छोटे भाई का नाम पूछ रहा था" और इससे पहले कि मैं या मामा जी उनके प्रश्न का जवाब देते, उन्होंने एक बात कही थी, "पाण्डेय हैं आपलोग।"

उनके कहने के अन्दाज में भाव स्पष्ट नहीं था इसलिए जब मैंने भाई का नाम बता दिया तब विचारना शुरू किया था कि इस वाक्य का क्या मतलब हो सकता है, 'पाण्डेय हैं आपलोग।'

छोटे भाई का नाम बताया, 'हरीश पाण्डेय।' और फिर उनके वाक्य को विभिन्न विराम चिह्नों के साथ परखना शुरू किया।

"पाण्डेय हैं आपलोग..."

"पाण्डेय हैं आपलोग।"

"पाण्डेय हैं आपलोग?"

"पाण्डेय हैं आपलोग!"

"ओह! पाण्डेय हैं आपलोग।"

मामा जी पर इस वाक्य का कोई प्रभाव नहीं दिखा इसलिए मैं यह समझने के लिए तैयार हो रहा था कि जज साहब ने खुद से खुद को बतलाया था कि हमलोग पाण्डेय हैं।

बात आगे बढ़ती इससे पहले ही जज साहब ने मामा जी से कहा था, "मैं सुनिधि के लिए लड़के की कुंडली मँगाने की तैयारी कर चुका था लेकिन ये लोग पाण्डेय हैं।" इतना जैसे कम हो कि

उन्होंने मुझसे गोत्र भी पूछा था। मैं जानता था कि बात का सिरा मान-अपमान के किसी कुएँ में जा रहा था फिर भी बताया : साकेत।

मेरे जवाब से उनका सन्देह उनके ही पक्ष में जाता रहा होगा इसलिए वे सिर डुलाने लगे थे।

यह हरकत इनके लिए इतनी सामान्य रही होगी कि ये दोनों अगली किसी बात पर पहुँच चुके थे। लेकिन मैं वहीं टिका हुआ था। अब समझ आ रहा था कि कौन से विराम चिह्न की मंशा लिये जज साहब ने वह वाक्य कहा था।

जब मैंने पूछा तब मामा जी ने मेरा हाथ धीरे से दबा दिया था, शायद कह रहे हों कि न पूछूँ लेकिन प्रश्न उछाल चुका था, "क्यों? पाण्डेय होने से क्या दिक्कत है?"

जज साहब ने मेरी तरफ देखा, फिर मामा की तरफ देखा। उनकी तरफ देर तक देखते रहे और फिर मुझे देखते हुए जवाब दिया, "आप पढ़े लिखे हैं, आपको जानना चाहिए कि हमलोग तीन वाले हैं और आपलोग तेरह वाले। अपने से ऊपर कुल में ही बेटी दिया जाता है।"

उन्होंने यह भी कहा समाज का यही कायदा-कानून है, यही नियम है और मुझे इसका बुरा नहीं मानना चाहिए।

मैं भी किसी बहस के इरादे से नहीं गया था। भाई के बजाय मुझे कहा होता तब शायद मुझमें तिरस्कृत होने की भावना घनीभूत नहीं होती। थोड़ी देर तक मैं चुप रहा था और आगे भी चुप रह जाता। ऐसी बातों को आगे बढ़ाने का कोई अर्थ नहीं। जिसकी जैसी मर्जी शादी करे लेकिन रौ में एक ऐसा खयाल मेरे भीतर बनने लगता कि

अगर मैंने उसे वहाँ शब्द दे दिये होते तब उस बच्ची, जिसके लिए यह जनाब वर ढूँढ़ रहे थे, के लिए अनर्थ हो जाता। वह खयाल मेरे भीतर इस तरह गुस्सा पैदा कर चुका था और उस गुस्से ने ऐसा वशीभूत कर लिया था कि बड़ी मुश्किल से खुद को जब्त करते हुए मैंने इतना-भर कहना चाहा था, "दकियानूस हैं आप।" लेकिन कह बैठा था, "आपको ऐसा क्यों लग रहा है कि मेरा भाई आपकी बेटी को पसन्द करता।"

इस वाक्य से मैंने खुद के होंठ काट लिये थे। मैं कतई यह नहीं कहना चाहता था। मैंने यह हमला खुद के जमीर पर कर लिया था। वे मेरा चेहरा देख रहे थे। मुझे इनके अपमान की फिक्र नहीं थी और जब यह वाक्य कह बैठा था तब मैंने पाया कि भाई के बहाने हुए अपने गोत्र के अपमान की भी ऐसी फिक्र नहीं थी। लेकिन क्रोधवश मैं उस लड़की का अपमान कर चुका था, जिससे कुछ मिनटों पहले बात कर मन को अच्छा लगा था। वह बातचीत घटित नहीं भी हुई होती, फिर भी इस वाक्य के जरिये मैं उसे अपमानित करने जितना जातिवादी नहीं हो सकता था। लेकिन मुझमें कचोट की तमाम लहरें उठ रही थीं।

मामा जी "हाँ, हाँ, अरे, अरे" कहते रह गए थे। मैंने जब दुबारा अपनी बात को यों रखा कि ऐसी सोच रखने वाले लोग दकियानूस हैं तब जज साहब ने मुझे देखने के बजाय मामा जी को देखा और खड़े हो गए थे। प्रणाम की सूरत में हाथ में जोड़ा, कहा, "पंडित जी, माफ कीजिएगा। कचहरी का वक्त हो चला है।" फिर यह भी कहा, "बिटिया के विवाह के दिन वे जरूर आएँगे।"

यहाँ मैंने जज साहब के पैर छूते हुए कहा था और पूरी तैयारी से कहा था, "कचहरी में कौन सा कानून लागू करते हैं?"

अनसुनाकर वे आगे बढ़ गए थे।

जज साहब के घर से बाहर निकलकर मामा जी ने हँसते हुए सारा दोष मुझ पर डाल दिया था। उनका कहना था कि यह सब नियम-कायदा पुरखों के जमाने से चला आ रहा है और किसी के मुँह पर और वह भी इतने बड़े आदमी के मुँह पर अपमानजनक शब्द इस्तेमाल करना अशोभनीय है। फिर यह भी जोड़ा था कि तुम तो समझदार हो।

धूप में गाड़ी तप रही थी। उसके ताप ने भीतर का तापमान इतना बढ़ा दिया था कि रेक्सीन से बने कार की सीट बदबू मारने लगी थी। मामा जी को यह सलाह देते हुए कि उन्हें कार के सीट का चमड़ा बदलना चाहिए, मैंने वातानुकूलन को चार पर करते हुए चारों खिड़कियाँ खोल दिया था।

मामा जी ने फिर कहा कि मुझे जज साहब की बात को दिल पर नहीं लेना चाहिए। उन्हें लगा होगा कि बात पूरी बैठ नहीं रही है इसलिए उन्होंने जज साहब को उसूलों के पक्के होने का दावा करने वाली घटना सुनाई, जो किस्सा मामा जी द्वारा सुनाए जाने वाले शेख़ीबाज किस्सों से अलग था। इतना अलग कि यह सोचकर मामा जी पर ताज्जुब हुआ, जैसे इनके भीतर भी कोई समझदार इनसान हो। उन्होंने सुनाया था :

जज साहब के चार बच्चे थे। लेकिन घर में सिर्फ तीन की उपस्थिति दर्ज है। तसवीर, याद, सब अब इन्हीं तीन बच्चियों की हैं। दूसरी से छोटा और तीसरी लड़की से बड़ा इनका एक बेटा था। होनहार था। दूर के एक रिश्तेदार की बेटी के प्रपंच में उलझ गया था और शादी करने की जिद ठान बैठा। समझाना, बुझाना सब बेकार। लड़के से अधिक पागलों की स्थिति में जज साहब पहुँच गए थे। जज साहब इतने परेशान हो गए थे कि एक दिन बेटे को सामने बिठाया और बीच में बन्दूक रख दी। कहा था, अगर उस लड़की से शादी करनी है तब मुझे गोली मार दो।

मामा जी की बातें मुझे इतनी लद्धड़ लगने लगी थीं कि उधर ध्यान ही नहीं दे रहा था। जज साहब की बिटिया के अनजाने अपमान वाले खयालों से हटकर मामा जी की बात की तरफ मेरा ध्यान अब गया था जब बातों के बीच बन्दूक आ गई थी। बड़ी मुश्किल से मैंने अपना ध्यान जज साहब की तरफ से हटाया और सुना। मामा जी ने कहा, बेटे ने बन्दूक उठाई और खुद को गोली मार लिया।

इस वाक्य के बाद बेटे के लिए एक भी शब्द खर्चने के बजाय मामा जी ने जज साहब की मजबूरी, पुत्र-शोक और इस अवस्था में भी धर्म का मार्ग न छोड़ने के लिए उनकी तारीफ करना शुरू कर दिया था।

मेरे मन में बसा सारा क्रोध अब घृणा में बदल चुका था। कहना न होगा कि एक पल के लिए मैंने भी जज साहब को लाचार और कमजोर मान लिया था।

उस बीच में दलाल का फोन न आता तब हो सकता है, मामा जी गाड़ी रोके रखते और जज साहब के जीवन की दूसरी बात सुनाते।

दलाल के फोन ने उनका ध्यान समय पर दिलाया। दोपहर खत्म होना चाहती थी लेकिन वह भी लाचार दिख रही थी। मामा जी ने कहा, "वे लोग खरजरवा कॉलोनी में इन्तजार कर रहे हैं, चलो।" मैंने इग्निसशन के लिए चाभी लगाया था। यह सोचकर मुझे अजीब लगा कि जहाँ कुछ नहीं आगे बढ़ रहा था, वहाँ यह गाड़ी आगे बढ़ेगी।

रास्ता अच्छा नहीं था लेकिन जाने क्यों मैंने चौथे गियर में गाड़ी डाल दिया था। जब बस स्टैंड के पास गाड़ी आई तब मामा जी ने कहा था, "यहाँ से दाहिने" लेकिन मैंने गाड़ी को बाईं तरफ ही मोड़ा जिधर घर का रास्ता था। मामा जी ने जब विहँसते हुए कहा कि अरे भाई, दलाल इन्तजार कर रहे हैं तब तक अपनी गाड़ी रुद्रपुर चौराहे तक आ चुकी थी।

मैंने इतना-भर कहा था, "यहाँ जमीन लेना बजट के बाहर है।" उन्होंने स्टीयरिंग पर पड़ा मेरा हाथ पकड़ लिया था। गिड़गिड़ाने-सी सूरत में कहने लगे थे कि वे सब सम्बन्धी हैं, जानने वाले हैं, नाराज हो जाएँगे। मैं यह सोच रहा था कि समाज में बने रहने के लिए मामा जी को कितने समझौते करने पड़ रहे हैं। दलालों की ताकत पर इनका भरोसा इनके प्रति मन में दया-भाव जागृत कर रहा था।

गाड़ी वापस लेने के खयाल में मैं नहीं था। अगर किसी सूरत में वापस करता भी तो बस इस सूरत में कि काश उस जज को कचहरी की अधभरी अदालत में थप्पड़ मार पाता।

मैंने मामा जी से कहा, "किसी दिन और।"

राज्यमार्ग पर गाड़ी सूँटासूँट भागे जा रही थी।

पितृ-पक्ष

पितृ-पक्ष उतर रहा था। जंगबहादुर पाण्डेय की दाढ़ी में खुजली मची हुई थी।

सुबह का साँवला समय था। कुछ देर के लिए बारिश रुकी थी। सात दिनों के बाद। लगातार बारिश ने जीना मुहाल कर दिया था। इतनी बारिश और इतनी नमी से दीवारें, पेड़, रुख, हवा आदि सब फूल गए थे। जंगबहादुर गोकि जंगी अपने खेतों की ओर निकले थे और अभी अरहर के खेत पर खड़े थे।

पूरा खेत गिरा पड़ा था।

पितृपक्ष से या यों ही, उन्हें याद आया कि अगर पिताजी होते तब अरहर को गिरने से तो नहीं रोक पाते लेकिन बारिश में भी रोज खेत देखने जरूर आते। वे खेत के सामने चकरोड पर खड़े थे और मन हुआ कि खेत का पूरा एक चक्कर लगाया जाए। उन्हें फिर याद आया कि पिताजी हर खेत को रोजाना एक बार चारों तरफ से देखते थे। जबकि इन महाशय को, जिनके हिस्से में महज दो बीघा खेत आए थे, खेत देख पाने में असकत आती थी।

चकरोड पर खड़े-खड़े उन्हें अपनी दाढ़ी में एक बार फिर चुनचुनाहट महसूस हुई। याद करना चाहा कि किसकी चुगली करने का मन हो रहा है। जब कोई याद नहीं आया तब उन्होंने विचार किया कि हो न हो दाढ़ी हद से ज्यादा बढ़ गई है।

तय किया कि खेत से लौटते हुए चमटोला होकर गुजरेंगे और सिकुमार से अपनी दाढ़ी मुड़वा लेंगे। एक अन्देशा यह था कि सिकुमार कहीं अपने सैलून के लिए न निकल जाए। इस सातों दिन की बारिश में जंगी ने रोज सिकुमार को आते-जाते देखा था। काली बरसाती ओढ़े, साइकिल सवार सिकुमार, जब इनके दरवाजे से गुजरता था, बरसात में अपनी आवाज खो जाने के डर से, बेआवाज, सिर झुकाकर नमस्कार करता था।

भूलनडीह गाँव में बचा इकलौता रास्ता जंगी के दुआर से गुजरता था। बाकी के रास्ते लोगों के घर, नाली इत्यादि के जद में आकर लगभग खत्म हो चुके थे और दुबारा मापी तथा अतिक्रमण हटाओ जैसी गतिविधियों की माँग करते थे।

इसी सोच-विचार में जब उन्होंने अपना कदम खेत की दक्खिनी मेड़ की तरफ बढ़ाया तब छपाक की हल्की आवाज हुई। पानी खेत में ही नहीं, मेड़ों पर भी चढ़ आया था। दो-चार कदम चले होंगे कि देखा, गहरे पीले रंग की एक धामिन सामने से गुजर गई। वे एक पल के लिए ठहर गए। अपना मन तौलने लगे कि खेत का भाँवर लगाया जाए या नहीं।

पितृपक्ष उतरा ही उतरा था इसलिए पिताजी को याद करते हुए तय किया कि चक्कर लगाया जाए। लाठी लेकर न आने की एक

भूल उनसे पहले ही हो चुकी थी। पिताजी होते तब दुल्लह हरवाह को साथ लेकर आते। उनकी मृत्यु के दो साल तक, जब तक वे चारो भाई सझिया में थे, हरवाही चली। जब बँटवारा होना शुरू हुआ तब दुल्लह चमार के साथ दो और लोग थे जो सामान पर निशानी लगा रहे थे और उठाया जा सकने वाला सामान उठाकर बखरे वाली जगह में रख रहे थे।

आखिर में दुल्लह ने पूछा था, “हम केकरी बख़रा में?”

बड़े भैया ने आखिरी कोई सामूहिक ज़िम्मेदारी निभाई थी। भरी सभा में कहा था, “दुल्लह, हमनी के पुश्त-दर-पुश्त चले वाला साथ अब एहिजग से खतम होता। आगे बढ़े के।”

यह सच बात थी कि जब आठ बीघे की खेती से हरवाह का खर्चा पानी चलाने में साँसत हो रही थी तब दो-दो बीघे के चार हिस्सों में हरवाह कैसे निबह सकता था। गाँव में लगभग प्रत्येक घर हरवाही छोड़ रहा था इसलिए दुल्लह के मन में उपजे बेरोजगारी वाले भाव उन तक ही रह गए होंगे। फिर जैसे बात समेटनी रह गई हो कि बड़े भैया ने कहा था, “जगि-परोज में तहरे घर-परिवार के लोग रही।” किसी को शायद ही इस अन्तिम वाक्य में दिलचस्पी रही हो।

दुल्लह का बेटा सिकुमार हज्जाम के कला-कौशल सीख चुका था।

जब खेत से जंगी लौट रहे थे तब उनका अन्देशा प्रबल हो रहा था कि सिकुमार कहीं अपने काम पर न चला गया हो। ऐसी स्थिति में दो दिन का इन्तजार उन्हें करना पड़ता क्योंकि अगला दिन मानि का था और उस दिन वे बाल-दाढ़ी नहीं बनवा सकते थे।

गाँव में दो घर हज्जामों के थे जो राजवंशी हजाम के वंशज थे। पूरा गाँव दो भागों में बँटा था, एक हिस्से के हज्जाम राजवंशी के बड़े बेटे किशोर थे जो शुक्रवार को अपने तय घरों की ओर जाते थे और जो इच्छुक लोग होते थे, जिनकी दाढ़ी या बाल बनाने की जरूरत हो, उन्हें बनाते-सँवारते थे। ज़्यादातर बुजुर्ग ही थे जो इनकी सेवाएँ लेते थे। नौकरीपेशा लोग गाँव से कहीं दूर रहते थे और महज दाढ़ी-बाल कटवाने के लिए गाँव आना मूर्खता कहलाती। रह गए नौजवान, उन्हें किशोर या उनके भाई भीखम की कारीगरी पर भरोसा नहीं था। भीखम अपने हिस्से के घरों की ओर बुधवार को जाया करते थे।

दूसरे, किशोर और भीखम अब गाँव के लिए कम ही समय निकालते थे। उनका ज़्यादातर समय नोमा के उनके सैलून में जाता था। तीसरी बात जो कि अहम बात थी कि ये दोनों भाई अपने सैलून में चाहें जितनी नई चीजें इस्तेमाल कर लेते हों, बढ़िया ब्लेड, बढ़िया क्रीम, स्प्रे लेकिन गाँव के लोगों की दाढ़ी अब भी धार दिलाने वाले उस्तरे से ही बनाते थे। वहाँ ये लोग ब्लेड वाले उस्तरे का इस्तेमाल नहीं करते थे। गाँव के बुजुर्ग अपनी बारी के आने के घंटा-भर पहले से दाढ़ी में पानी मलते रहते ताकि अप्रभावी उस्तरे से उनके गाल न घायल हो जाएँ।

इनकी इन आदतों से गाँव के बुजुर्ग इनसे खफा रहते थे।

यही वजह थी कि जब सिकुमार ने हजामत के गुर सीख लिये तब गाँव का एक धड़ा इस राय पर पहुँचा था कि गाँव के नाऊ का काम उसे ही सौंप दिया जाए। बाकी के गाँव वाले सहर्ष मान

गए होते लेकिन तभी किसी जरतुआह ने सिकुमार की जाति याद दिला दी होगी।

सिकुमार अपने सीखने के शुरुआती दिनों में इच्छुक जनों के दाढ़ी-बाल मुफ्त ही में बना दिया करता था। बभनैया और अहीरटोला के लोग शुरुआत में छुआछूत मानते रहे थे लेकिन गोंड़टोली, दुसाधटोला और चमटोला के लोगों ने सिकुमार का अपने नये इस काम में हाथ साफ करने का खूब मौका दिया।

धीरे-धीरे सिकुमार ने अपने दो ठीहे बना लिये। उसके घर के ठीक सामने एक यूक्लिप्टस का पेड़ था जिस पर एक कील ठोंक दिया था और प्लास्टिक की एक कुर्सी भी लगा दी थी। जिसे अपनी बनती हुई दाढ़ी को आईने में देखने का शौक होता था वह अपने घर से आईना लेकर आता था। वह आईना फिर उसी कील में टाँग दिया जाता था।

कई बार ऐसा भी होता था कि बाद में आने वाले लोग आईने वाले से कहते थे कि वह अपना आईना वहीं छोड़ दे। उन पर यह ज़िम्मेदारी होती थी कि उनकी दाढ़ी बन जाने के बाद वह आईना उन्हें पहले वाले सज्जन के घर पहुँचाना होता था। यह सिलसिला हाल-हाल तक चलता रहा था जब तक कि सिकुमार ने एक सुन्दर एक आईना न वहाँ लगा दिया था।

वैसे, आईने वाला वह कार्यक्रम दिलबहलाऊ ही होता था क्योंकि अमूमन लोग छोटा सा आईना लेकर आते थे और दूसरी तरफ, सिकुमार हमेशा कोई-न-कोई आदेश दिया करता था, जैसे सिर ऊपर कीजिए, दाएँ कीजिए, बाएँ कीजिए और इन चक्करों में वे लोग दाढ़ी बाल बन जाने के बाद ही आईना देख पाते थे।

धीरे-धीरे गाँव की हर बिरादरी सिकुमार के पास आने लगी थी। कुछ लोग अपने लिए घर से पानी लेकर आते थे। उन्हें पवित्रता का विचार स्पष्ट था। वे लोग ब्लेड, उस्तरा, ब्रश, फिटकिरी या साबुन को लेकर स्पष्ट थे कि यह बाजारू चीज है। इन चीजों को तो हर जगह एक जैसा ही रहना था लेकिन पानी को लेकर उनका बरावा बरकरार था।

अलबत्ता यह जरूर था कि शुरुआत में जो गलती सिकुमार से हो गई थी, सीखने के दौरान मुफ्त में बाल-दाढ़ी काटने की गलती, उसे लोगों ने अपने स्तर पर ठीक किया था। सिकुमार अब बाजार मूल्य लागू करना चाहता था लेकिन गाँव के लोग अपने मन-मुताबिक कभी कुछ पैसा या कभी कुछ सीधा, जिनमें धान या गेहूँ होता था, दे दिया करते थे। कुछ लोग ऐसे भी थे जिन्हें पैसे-रुपये देने का मन होता था लेकिन किसी अनजान बन्धन के वशीभूत हो वे लोग पैसे देने को एक दलित का मन बढ़ाने के समरूप रखते थे।

यही कुछ वजहें थीं कि उसका मन दूसरे ठीहे पर अधिक टिकता था जो नोमा कस्बे में था। यह उसका अपना सैलून नहीं था लेकिन यहाँ वह ठेके पर था। हर हजामत पर उसे पैसा मिलता था। दूसरे, कस्बे के सैलून में उसे अतिरिक्त कोई भय या उत्कंठा भी नहीं रहती थी। इसलिए वह सुबह के समय गाँव के एकाध लोगों के काम निबटाकर, उनसे पैसे-रुपये, सीधा-पिसान लेकर, शहर चला जाया करता था।

दुल्लह या सिकुमार, जिसका भी कह लें, दुआर अभी दूर ही था कि जंगी ने हाँक लगा दी थी : "रे सिकुमरा।" हवा में बारिश के रेशे उड़ रहे थे और उनसे हवा इतनी भारी हो गई थी कि उससे टकराकर उनकी आवाज लौटकर उन तक वापस आ गई थी। जो बादल अभी साफ दिख रहे थे वे किसी जिद्दी प्रेमी की तरह वापस लौट आए थे। सूरज, बादलों से परेशान होकर, छिप चला था। बारिश के आसार बन गए थे।

उन्होंने दुबारा हाँक लगाई और जब तक सिकुमार के पिताजी दुल्लह बाहर निकलते दिखते तब तक जंगी उनके दरवाजे पहुँच गए थे। दंड प्रणाम के बाद दुल्लह ने उन्हें सामने रखी कुर्सी पर बैठने के लिए कहा और साथ ही यह भी कहा, "बाबू तैयार होत बानऽ।"

जंगी कुर्सी पर बैठ गए थे लेकिन 'बाबू' शब्द उन्हें खल गया। वे समझ गए कि इस दुल्लह ने बाबू शब्द कहाँ से उठाया है। उन्हें अपने पिताजी की ऐसी उपस्थिति भली नहीं लगी। दुलुआ हरवाह ने यह शब्द जरूर जंगी बाबू के दादा जी से सीखा होगा, ऐसा उन्हें लगा था।

बभनैया में एक रिवाज था, कुछ घरों में अब भी है, कि अगली पीढ़ी के बड़े बेटे को नाम से न पुकारकर उनके पिता उन्हें बाबू शब्द से पुकारते थे। प्रत्यक्ष और अप्रत्यक्ष, दोनों स्थितियों में वे बाबू ही कहते थे। जंगी बाबू को यह शब्द प्रयोग अखरा था इसलिए उन्होंने एक ऐसी बात छेड़ दी, जिसका कोई औचित्य नहीं था। हँस-हँस के बताना शुरू किया कि पिताजी दुल्लह को हमेशा

दुलुआ कहते थे और जब तक जंगी बाबू बड़े नहीं हो गए तब तक वे भी दुलुआ हरवाह नाम ही जानते रहे थे।

दुल्लह को, बहुत सम्भव है, इन जिक्रों से कोई ऐतराज न हुआ हो इसलिए वे वहीं खड़े रहे। उन्हें अविचलित देख जंगी बाबू जरा और खनक गए। बताना शुरू किया कि जो खेत दुल्लह ने बटाई पर बोया था वह बह गया इसलिए अब वे लोग साल-भर क्या खाएँगे? दुल्लह के बेटा सिकुमार कमाने-धमाने लगा था, वे चाहते तो कह सकते थे कि खरीदकर खाएँगे लेकिन खेती में जो श्रम लगा था, उसकी भरपाई नहीं थी। इसलिए इस जिक्र पर वे जरा बेचैन हो गए और दुबारा कह पड़े थे, "बाबू, बस आवते बानऽ।"

इस बार जंगी तिड़क गए। पूछ बैठे, "कौन बाबू।"

दुल्लह ने कहा था, "बड़का बाबू।" फिर कहा था, "सिकुमार।"

अपने-आप में हँसने का नाटक करते हुए जंगी बाबू ने कहा था, "ओह, सिकुमरा। हमको लगा कोई लाट साहब है।"

जंगी अपना मन अभी शान्त नहीं कर सके थे कि सामने से सिकुमार साइकिल निकालता हुआ दिखा। जब इनसे नजर मिली तब झुककर प्रणाम भी किया। आशीर्वाद में जंगी ने अपनी उजली दाढ़ी की तरफ इशारा किया था।

इनसे प्रणाम-पाती के तुरन्त बाद आसमान की ओर सिकुमार की पेशेवर हज्जाम नजर उठ गई और पाया कि बादल जाकर लौट आए हैं। बादलों का मन इधर ही रमा है और फिर बारिश होने वाली है। उसे पाँच किलोमीटर साइकिल रौंदना था इसलिए उसे यह

बात मुश्किल की तरह लगी, बोल पड़ा था "जंगी बाबा, लग रहा है बारिश जोरदार होगी।"

जंगी हजामत वाली कुर्सी पर टिक चुके थे। बारिश वाली बात को अनसुना करते हुए कहा, "तनी हजामत बनाव रे।" एक हद तक संवादों का दौर शुरू हो चुका था क्योंकि जंगी बाबा के इस आदेश के बाद तुरन्त ही सिकुमार ने कहा था, "जंगी बाबा, देर हो रहल बा, कल बना देता हूँ।"

जंगी ने अपनी पारम्परिक मजबूरी बताई कि अगला दिन मानि का है और आज अगर दाढ़ी नहीं बनी तब हो सकता है परसों बने। उनका ध्यान आईने पर गया। पेड़ से लटक रहा था। आईना इतना चमक रहा था कि खुद-ब-खुद को नये लग रहे थे। नये और चमकदार। उन्हें याद नहीं आ रहा था कि इतना बड़ा आईना उन्होंने कभी देखा था। वे चकित होने का अभिनय करते हुए पूछ रहे थे, "एतना बड़ा शीशा। केतना में लिया रे, सिकुमरा।"

सिकुमार को इस क्षेपक पर लगा कि उसका आग्रह शायद सुन लिया जाएगा। उसने दुबारा कहा, "ऐ बाबा, शाम में बना दूँगा, अभी निकलने दीजिए।"

जंगी ने सिकुमार को छोड़ उसके पिता दुल्लह से मुखातिब होना बेहतर समझा, कहा, हँसते हुए कहा, उस हँसी में एक धमकी थी, "देख रहे हो दुल्लह, जबान लड़ा रहा है।" कोई जवाब न मिलता देख जंगी बाबा को लगा कि उनका पैंतरा फेल मार रहा है इसलिए उन्होंने पुराना एक किस्सा उघाड़ दिया। बताने लगे कि कैसे दुल्लह की बुआ ने धान के बोझे बनाते हुए एक बोझा चुरा

लिया था और जंगी के पिताजी ने सजा के बतौर उन लोगों का रास्ता रोक दिया था।

यह सीधी धमकी थी।

गाँव का मुख्य रास्ता उनके दुआर से होकर जाता था। चमटोला का एक रास्ता दक्खिन होकर भी निकलता था लेकिन जगह की कमी और परिवार बढ़ने के साथ नित नई बनती झोंपड़ियों में वह चकरोड भी जाता रहा था।

सिकुमार को लगा कि हो न हो यह बुड्ढा उसका भी रास्ता रोकेगा। वह झगड़ने के हैसियत में नहीं था लेकिन उसे पिता के साथ अपनी उपस्थिति का मरजाद भी रखना था, इसलिए पूरे घटनाक्रम को मामूली बनाते हुए हँसी का रुख दिया, कहा, "बाबा, बीस रुपये लगेंगे।"

जंगी ने भी हँसते हुए, लेकिन विजेता स्वर में कहा, "तोर बाप त आज ले पईसा मँगबे न कईलन, तोरा के पईसा चाहीं, भागऽ सारे।" अलबत्ता उन्होंने दुल्लह को यह जरूर कहा कि ताल पर जो खेत है वह चाहें तो बटाई बो सकते हैं। इस बात को भी कोई जवाब न आता देख जंगी इन्तजार करने लग गए।

बेमन से नहीं बल्कि पूरे मनोयोग से सिकुमार अपने काम पर लग गया। उसे जल्दी थी। फुर्ती के साथ अपने औज़ार निकाल लिये। ब्रश धोया। क्रीम लगाने के पहले पानी हाथ में लेकर दाढ़ी पर फेरा। उल्टे और सीधे पंजे से दाढ़ी को नरम किया। क्रीम मलते हुए उसके मन में आया कि झाग भरा ब्रश ही जंगी बाबा के मुँह में घुसेड़ दे। जब झाग उनके चेहरे पर उभर आया तब उसने उस्तरा निकाला।

एक हाथ की दो उँगलियों के बीच पकड़कर ब्लेड तोड़ दिया और आधा हिस्सा उस्तरे में लगा लिया। खत को अन्दाजन नापते हुए उस्तरे का पहला छेव लगाया।

इसके बाद महज चार से पाँच मिनट लगने थे लेकिन बादल सिकुमार से भी जल्दी में थे। उस्तरे का काम शुरू ही किया था ताबड़तोड़ बारिश शुरू हो गई थी। दुल्लह घर के भीतर भागते-भर में भींग गए थे।

सिकुमार के लिए यह बारिश किसी 'पोएटिक जस्टिस' की तरह आई थी। उसे भी भरपूर बहाना मिल गया था। वह भी हजामत बनाना छोड़कर भीतर भाग सकता था। यहाँ तक कि बारिश शुरू होते ही जंगी भागना चाहते थे।

लेकिन सिकुमार के मन में जाने क्या चल रहा था।

उसने बारिश की आड़ लेने से इनकार कर दिया। जब जंगी कुर्सी से उतरकर भागना चाहते थे, उनके बगल में खड़े सिकुमार ने उनके दोनों कन्धे दबा दिये थे। ठीक वैसे जैसे किसी को बिठाने के लिए दबाया जाता है। जंगी को इस घनी बारिश में भी यह अचम्भा समझ में आ रहा था। बारिश में उनके चेहरे का साबुन रूपी नकाब भी उतर गया था फिर भी भींगकर लथपथ होने के साथ-साथ सिकुमार उनकी दाढ़ी खींचता रहा।

जंगी पूरी तरह भींग चुके थे लेकिन कन्धे से बिठाए जाने को वे संयोग न मानकर अपना अपमान मान रहे थे इसलिए उन्होंने उसी बारिश में दुबारा एक कोशिश की। हजामत बनवाने का कार्यक्रम रोकने के लिए उन्होंने सबसे पहले सिकुमार के हाथ को पकड़ लिया और फिर उठने लगे। इस बार सिकुमार गालों के निचले हिस्से की दाढ़ी

निकालने के क्रम में थोड़ा पीछे हट चुका था। इसलिए भी शायद गिरते पानी के कारण जिस आईने में आदमी का चेहरा भी स्पष्ट नहीं दिख रहा था, सिकुमार की मंशा जंगी को दिख गई।

उसने दुबारा दुगुनी ताकत से उनके कन्धे को दबाते हुए बैठा दिया और इस बार एक नया काम भी किया। गले के बीचोंबीच घाँटी होती है। उसके बारे में कहा जाता है कि वहाँ मारने से आदमी मर जाता है। यह भी कहा जाता है कि जरा सा भी कट जाए तो आदमी मर जाता है। सिकुमार ने ऐसा कुछ भी नहीं किया।

उसने यह किया कि उस्तरा घाँटी के पास रख दिया और दवाब बनाना शुरू किया। उसका हाथ मँझ गया था इसलिए उसने उस्तरे के ठीक ऊपर हाथ रखकर दवाब नहीं बनाया। उस तरह जंगी की आत्मा का खून छलक सकता था। सिकुमार ने उस्तरे के हैंडल पर दवाब बनाना शुरू किया। कुछ इस तरह कि ब्लेड का दवाब बनता रहा लेकिन खून की एक बूँद भी नहीं छलकी।

इस अन्दाज में जंगी एक बार सिकुमार का चेहरा नये आईने में देखना चाहते थे। लेकिन साथ ही, सिकुमार भी कुछ ऐसा ही चाहता था। इसी चाहत में उसने दो-सवा दो पल तक वह दवाब बनाए रखा था। आईना इन दोनों को अपना अपना और एक-दूसरे का गुस्सा मन-ही-मन महसूस कराने पर आमादा था।

बारिश कहाँ खतम होनी थी।

लेकिन दाढ़ी बनवाने के बाद बिना कुछ कहे-सुने जंगी बाबू वहाँ से चले गए थे। शुरू की तमतमाहट में वे सोचते रहे कि रास्ता बन्द कर देंगे लेकिन जब बारिश ने उन्हें जमकर भिंगो दिया तब

उन्होंने सोचा कि हजामत बन जाने के बाद वे रास्ता बन्द करने का बहाना क्या गढ़ेंगे?

इधर सिकुमार को नोमा के अपने सैलून जाने की हड़बड़ी थी। उसने तर-बतर अपने सारे कपड़े उतारे। पिता से कहे बिना ही उनके कन्धे से अँगोछा उतारकर माथा और शरीर पोंछना शुरू कर दिया। इतना भींगा था कि गमछा भी पानी-पानी हो गया था। उसे निचोड़ा और दुबारा अपने-आपको पोंछना शुरू करते हुए अपनी माँ को आवाज दिया, "माई रे, दूसर कपड़ा ले आवऽ।"

इससे पहले की माँ की कोई हरकत उस बारिश में सुनाई दिखाई देती, वह खुद ही घर के भीतर चला गया था। एक कमरे के अपने घर में कदम रखते हुए दरवाजे की साँकल उसके हाथ में छू गई तब एक पल के लिए उसने साँकल को उस अन्दाज में पकड़ लिया था जिस तरह कुछ देर पहले उस्तरा थामे हुए दवाब बना रहा था।

शुभकामना का शव

तैंतीस वर्षीय कामना खुद के लिए तो मर चुकी थी पर आए दिन कोई-न-कोई उसे बताता कि वह अभी जीवित है। यह सुनकर वह उठती, खुद को समेटती, जैसे उसके जिम्मे काम बहुत हों। कुछ कदम चलती और फिर अपनी परछाईं पर ढह जाती। उन दिनों लू तेज थी या उसे एड्स होने की अफवाह, बता पाना कठिन है पर वह दस-पचास कदम चलते ही निढाल पड़ जाती, जैसे आज ही दक्खिन दिशा वाले पीपल की जड़ों पर मरणासन्न पड़ी हुई थी। दलसिंगार चरवाहे ने उसे अपनी लाठी से कोंचकर बताया कि वह अभी जीवित है और उसे अपने घर जाना चाहिए। कहे तो वह मदद करे। मदद की बात पर कामना ने अपनी समूची शक्ति बटोर कर दलसिंगार के लिए दो-तीन गालियाँ फुसफुसाई और फिर वहीं निढाल हो गई।

दिन-ब-दिन कामना का वजन घटता जा रहा था। वह इतनी कमजोर और पस्तहाल हो गई थी कि अपने ही खर्राटों से उसकी जाग खुल जाती। गाँववासियों की राय थी : ऐसा उसके लड़ाकूपन की वजह से है।

हर दूसरे-तीसरे दिन अपने ब्लाउज की सिलाई चुस्त करते हुए वह भी सोचती थी, आखिर उसके शरीर का वजन जा कहाँ रहा है। सौ कदम की दूरी तय करने में दो-दो या तीन बार सुस्ताती थी फिर भी जवाब हर किसी का देती थी।

पहले उस पर वैधव्य घहराया। दो वर्ष बाद ससुराल वालों ने उसके लड़ने-झगड़ने से आजिज आकर उसे नइहर भेज दिया। छोटा हाथी (टाटा एस नामक छोटी ट्रॉली) में पीछे बैठकर विदा हुई। ड्राइवर के साथ उसका भतीजा उसे छोड़ने आ रहा था। विदा से ठीक पहले, सास और दोनों जेठानियों ने खोइँछा भरा। सास ने सारा प्रयोजन बाएँ हाथ से निबेरा। दाहिने हाथ में खटिया का पाया पकड़कर, कल रात, कामना को पीटने से उनका हाथ भी सूज गया था। तो भी आज अपने भाव में वह बोसीदा लग रही थीं। उन्होंने दूब, हल्दी, सिन्दूर, खड़े दाने का पसेरी-भर चावल और इक्कीस रुपये, कामना की कुचैली साड़ी में रखे।

इनमें कोई संवाद सम्भव नहीं था। सास 'घर दुआर धरती अकास' को बता रही थी, मनई के दुख मनई ही जाने। हम तो चाहत रहे पतोहू यहीं रहे पर भगवान तहार लीला अपरम्पार। जेठानियों ने मुट्ठी खड़ा चावल और ग्यारह-ग्यारह रुपये खोइँछा में डाले और छोटी जेठानी ने कामना के सूजे गालों पर चिकोटी मसला और छेड़ चलाया : जा छिनरो, काट मजा। कामना की गर्दन पर, पीछे की तरफ से ही, अगर कल रात खटिये के पाये न मारे गए होते तो वह जवाब जरूर देती, पर पहली बार किसी को जवाब दिये बिना जाने दिया।

नइहर तक के अधूरे रास्ते तय करते हुए उसे तकलीफ उठानी पड़ी। पर अपने गाँव का सीमाना देखते ही जाने उसमें कौन सी लहर व्याप गई कि उसने ससुराल वालों को सरापना (श्राप देना) शुरू किया। फूहड़-फूहड़ गालियों की बौछार ऐसी कि छोटा हाथी के इंजन का शोर भी कामना की आवाज पी नहीं पा रहा था। छोड़ने वाले उसे मय सामान गाँव के सीवान पर ही उतारकर चले गए।

आठ वर्ष बाद नइहर—देश आकर वह भूलभूलैया में पड़ गई थी। पहिचाने लोगों की शक्ल-ओ-सीरत सब बदल गई थी। नये निहोरे लौंडे-लपाड़े घूमते दीखते जो कामना की मौजूदगी कुछ इस तरह स्वीकारते थे : यही है झगड़हिनिया कमिनिया। गाँव की गलियाँ लोगों के खयालों से भी तंग हो गई थीं। गालियों और झगड़े वाले अपने शब्द-भंडार में वह अर्थ भर नहीं पाती जो उसके भाव उकेरते थे, फिर भी उन्हीं किन्ही दिनों इस आशय का कुछ सोचा : अब उसका इस दुनिया में जीने का मन नहीं करता। भौजाइयाँ उसे बतातीं कि कौन सा कमरा किसका है तब भी वह मुस्कुराती, यह सोचते हुए कि अपने ही घर में पता पूछना पड़ रहा है।

पहली दफा कचहरी जाने के दिन उसकी भौजाइयाँ उसे तैयार करा रही थीं। मँझली ने पाया : कामना को बुखार है। किसी और को इत्तला करने से पहले पति को बता आई। बहन के मानस में सम्मान छेंकने की लड़ाई में हल्की बढ़त बनाते हुए मँझले ने बात बढ़ाई : बहिनी को लेकर पहले वैद्य से मिलते हैं फिर कोई कोर्ट-कचहरी होगी।

कमजर्फ वैद्य ने मुस्की काटते हुए सबको सुनाया : दुल्हिन को प्रेम-ज्वर है। वैद्य के शब्द चयन पर लोग अमूमन शर्म और हैरानी व्यक्त कर रह जाते हैं, अपनी वैद्यकी पर लोगों के यकीन के नाते वह सार्वजनीन दिल्लगियाँ करता रहता था। पर इधर तो लड़ाई ही दूसरी थी। दो मानसिक गरीब पर शारीरिक मजबूत घराने लड़ रहे थे और फिर आपस का बाँट-बखरा वाला अन्देशा भी भाइयों में व्यापने लगा था, इसलिए छोटे ने मँझले की बढ़त कुचलते हुए वैद्य को चिल्लाकर हड़काया। कहना कठिन है बहन कितनी चैतन्य थी और कितनी तरजीह इन बातों को दे रही थी।

दवा-दारू लेकर वह सब तहसील-कचहरी पहुँचे। कचहरी की जगह सीली थी। बाहर तिरपाल ताने ऊँघते अनमने से टाइपिस्ट, कचहरी की दीवाल फाड़कर झाँकने के अन्दाज में उगे पीपल के कुछ पौधे। अधिकतर कमरों में बन्द ताले। गाली-गुफ्तार से हहराता कचहरी का अहाता। कामना का अन्देशा सच साबित हुआ : ससुराल वाले भी आए थे। इन सबके बीच पायलगी देर तक चली। यह सब उम्र के मुताबिक नहीं, रिश्ते के मुताबिक हुआ। जैसे, उम्र में छोटे जेठ का पैर कामना के बड़े भाई ने छुआ। ऐसे मिल रहे थे मानो किसी और के झगड़े में आए हों। कामना किसी टाइपिस्ट की चौकी पर नीम तले बैठी रही। बिना घूँघट किये।

दोनों पक्ष के वकील, वकालत छोड़कर सब कुछ जानते थे। समझौते को दुनियादारी की संज्ञा से पुकारते और चाहते थे कि इन दोनों पक्षों का सुलहा भी कचहरी के बाहर हो जाए। यही तरीका है।

पहले जायदाद के फायदे दिखाकर अदालती मामला दर्ज करा दो, कई दफा फीस और खर्चे तमाम वसूल लो फिर सुलहा-सुलुफ करा दो। कामना के भाई सब लेकिन बहन को उसका सोलह बीघे वाला अधिकार दिलाना चाहते थे।

न्यायाधीश की टुटही कुर्सी के सामने ही दोनों पक्ष आपस में भिड़ गए। ससुराल वालों में से एक ने बन्दूक निकाल ली। बन्दूक के दरस पाकर सबसे पहले सिपहिया सब कचहरी से फरार हो गए। ससुराल वाले अपने वकील तक को बोलने नहीं दे रहे थे। सबसे बड़ा जेठ गुस्से में बोलते-बोलते अपनी ही जीभ दाँतों से काट बैठा तो सँझले ने मोर्चा सँभाला, जिसके पास बन्दूक थी : मलिकार (न्यायाधीश को सम्बोधित), मौली गाँव के कुबाभन सब बहन की कमाई खाना चाहते हैं। धन्धा कर लो, बहिंचो। बहिनी को अधिकार दिलाने आए! मलिकार, अभी से हमारी पुश्तैनी जमीन के ग्राहक चक्कर लगाने लगे हैं। बहन के हिस्से की जमीन मिलते ही ये सब बेच खाएँगे।

लम्बा एकालाप चला, उसने कामना को भी खूब सुनाया, लेकिन एक गलती कर दी। गर्मा-गर्मी के दौरान कामना को एक गाली दे दी, जिस पर वह फूटकर रो पड़ी। गाली थी : भतरकाटी (पति की हत्यारन)। इतना सुनना था कि उन बहादुरों की बन्दूकें धरी-की-धरी रह गईं। कामना के भाइयों ने उसके जेठों और देवरों को कुर्सियों से मार-मारकर कुर्सियाँ तोड़ डालीं। कूटने के बाद छोटे भाई ने हाँफते कहा : बहिन का हिस्सा तो तोर बाप भी लिखेगा रे, दोगलासन।

ये लोग ससुराल वालों को कूँच-काँचकर और बहन की रुलाई रुकवाकर लौट रहे थे तब सिपहिया लोग आते दिखे।

वही सब सिपाही जो दोनाली देखकर भाग गए थे। बिना किसी दरयाफ्त के उन सबों ने सफाई पेश की : खैनी-चूना के वास्ते टहलने निकल आए थे। सब निबट गया? पाँड़े बाबा, बोहनी कराओ। मँझले भाई ने सौ सौ के चार नोट अपनी जाँघ पर रखे और कहा : ले जाओ दरोगा जी, तेल लगाने के काम आएगा। बड़के ने आँख तरेरकर बात घुमाई, कहा : लड़बक! और पैसे उठाकर नायब के पैंट और जाँघिए में कहीं खोंस दिया।

पुलिस वाले सोच नहीं पा रहे थे कि दरोगा वाले सम्बोधन से खुश हो लें या बाकी बातों का बुरा मान जाएँ। बड़े भाई ने फिर कहा : दरोगा बाबू, गाँव की ओर कभी आओ। इस तरह पुलिस वाले अपनी आबरू को लेकर आश्वस्त हुए। दरअसल, इस इलाके में पुलिस इतनी बदनाम थी कि अगर ये दो-चार की संख्या में हुए और कोई गलती कर दी तो बड़ी मार-पिटाई खाते थे। हाँ अगर दल-बल के साथ हों तो फिर मामला उल्टा हो जाता था। यहाँ इन्हें डर था कि कुछ भी उल्टा-सीधा हुआ नहीं कि सारी कचहरी मिल कर मारेगी।

भारत से दूर-देश के इस हरे-भरे फिर भी अधमरे इलाके में वकीलों का बोलबाला था। अदालतों के आ जाने से जायदाद और मिल्कीयत के मामलों में पंचायती या बाहुबली फैसले अवैध हो गए थे। वकील थे कि वकालत से अलग सब करते थे। वे कोई भी राय दे सकते थे और मौके-बेमौके उसे सही साबित कर सकते थे। कामना के ही मामले में जब दोनों तरफ के वकीलों ने सलाह दी, तारीखों पर आया करो, सब आते रहे। कचहरी में ही झगड़ते रहे।

फिर सलाह दी, कामना जिस घर में अधिक समय गुजारेगी, उसकी दावेदारी अधिक होगी। इस मशविरे पर कामना के अपहरण का सिलसिला शुरू हुआ, जो तब तक चला जब तक कामना बीमार न पड़ गई।

दोनों तरफ के लोग जब झल्लाते, ऊबते, अदालती खर्चों से चिहुँकते तो कामना की पिटाई करते थे। ऐसे तो उसका बड़ा मान-जान था पर परेशान होते ही लोग उसे ऊँच-नीच कहना शुरू करते थे, जिसके जवाब में वो गरियाती और फिर पिटती। कभी-कभी वह गाली न भी दे, तब भी लोग उसे पीट बैठते। इसका पता कामना की रुलाई से चलता।

जब वह पिटाई के बरक्स गाली दे-देकर लड़ती और अपने ऊपर के वार बचा-बचाकर लड़ती तो उसकी रुलाई में शोर हुआ करता। चिल्लाहट। रूखी-सी कर्कश रुलाई। चोट उसे फिर भी आई होती पर उसके रोने से आप समझ जाते कि यह रुलाई मुकाबले में पराजित की रुलाई है। लेकिन जब वो बेकसूर पिट जाती, बिना गाली-गलौज किये, तब उसकी रुलाई राहगीरों तक के मर्म को भेद देती।

कभी-कभी तो उसका रोना इतना विह्वल कर देता कि खुद पीटने वाला भी रोने लगता, वो चाहें उसके जेठ-देवर हों या सगे भाई। भौजइयाँ भी चाहतीं कि वो खूब पिटे पर पिटाई शुरू होते ही वो ननद के पक्ष में रोने लगतीं। ऐसे में पीट चुके लोगों का तर्क होता था : क्या हुआ जो उसने मुँह से गाली नहीं दिया, पर उन्होंने गाली को उसके गले में ही देख लिया था।

कामना जिससे भी पिटती, उससे बातचीत बन्द कर देती थी। धीरे-धीरे नइहर गाँव के दर्जी से अलग कोई उससे बात करने वाला नहीं बचा। सबको इसका दुख था कि क्यों नहीं कामना खुद से अपनी जायदाद उनके नाम कर देती है।

ससुराल वालों को कामना का व्यवहार इतना अखरा कि उन्होंने कामना के पति वाली बीमारी का हल्ला कामना के नाम पर फूँक दिया। भाइयों का भी यही हाल लेकिन वे इस उम्मीद में चुप थे कि आज नहीं तो कल, सब मिलना ही है। कामना के सात भाइयों में बँटवारा हो चुका था और सिवाय कामना की जायदाद के वे किसी मुद्दे पर एकमत नहीं हो सकते थे।

दर्जी की बात दूसरी थी। जब से कामना नइहर लौटी, उसका स्वास्थ्य गिरता चला जा रहा था। आए दिन, कपड़े चुस्त कराने या पुराने कपड़ों को उघड़वा कर नया बनवाने के लिए कामना दर्जी तक जाया करती।

दर्जी का नाम मियाँ जी पड़ चुका था और उन्होंने अपने डरे सहमेपन के नाते गाँव में अच्छा-खासा सम्मान कमा रखा था। जब भी कामना वहाँ जाती, देर तक बैठती। लोग आते, अकसर औरतें आती थीं, दर्जी से बातचीत के बीच कामना को ऐसे देख लेते जैसे वो किसी पिरिचित गाँव की अपरिचित है। वह वहीं बैठी रहती, जब लोग चले जाते तो कुछ-न-कुछ बतियाती। होशियारों का सुबहा था कि दर्जी ही कामना का वकील बना है।

जबकि कामना मियाँ जी से जो बातें करती उसका कुल लक्ष्य ऐसा होता था जैसे वह दर्जी के माध्यम से अपने जीवन को

जानना-समझना चाहती हो। कामना का एकमात्र अपराध अकेला पड़ जाना था, इतना वह समझती थी। इसका दुख भी उसे था। वह दर्जी से अपने बारे में, अपनी शादी के बारे में पूछती। अपने पिता का चेहरा वह भूलने लगी थी, पिता उसे खास कोई प्यार भी नहीं करते थे, फिर भी खोई हुई उम्मीद की रोशनी की तरह उनके बारे में पूछती। मियाँ जी सिलाई मशीन की धुन पर उसे बहुत कुछ सुनाते। कुछ स्मृतियों के आसरे, कुछ गढ़कर, कुछ अपने जीवन का मिलाकर... कामना के जीवन के किस्से पूरते।

मियाँ जी के किस्सों पर सवार कामना अपना जीवन देखती। पलटती और पाती कि उसे सब हू-ब-हू याद आ रहा है। मसलन बचपन से ही उसके झगड़ालू होने को उसके खिलाफ इस्तेमाल किया गया। गाँव में लड़ाका के नाम से यह मशहूर थी। कोई नहीं जानता, पन्द्रह-बीस सगे-चचेरे भाई-बहनों के बीच कब क्या हुआ कि कामना झगड़ालू-दर-झगड़ालू होती गई। लोग उसके इस स्वभाव का फायदा उठाते थे, किसी भी गलती के लिए उसे दोषी ठहराते हुए जैसे सब यही मानकर चलते थे कि झगड़ालू है तो भूल गलती इसी की होगी।

कामना के ब्याह में भी यह आरोप इस्तेमाल हुआ। ब्याह तय होने के तीन-चार महीने तक लोग यही बातें करते रहे, खेतिहर के यहाँ जा रही है—भाग्यशाली है, दूल्हे के पिता का नाम-काम बड़ा है, वर्षों-वर्ष से दोनों पहर का चूल्हा इनके घर जलता रहा है, दूल्हे का बड़ा भाई कचहरी में चपरासी लगा है।

शादी तय-तपाड़ होने के पाँच महीने बाद कामना की माँ को यह खयाल आया, दूल्हा कैसा होगा? किसी ने देखा भी है या नहीं?

कामना के पिता से पूछा। उनका कहना था, लड़का क्या देखना, यह नसीब की बात है। कामना के भाई ने बताया, लड़का ट्रक चलाता है, जल्द ही अपना ट्रक खरीद लेगा, अभी ट्रक लेकर निकला हुआ है, ब्याह के दिनों ही आएगा। किसी ने पूछा, लड़के का नाम? दरअसल लड़के के पिता, घर-बार का नाम इतना बड़ा और व्यापक था कि दूल्हे का नाम किसी को मालूम ही नहीं था।

माँ को शायद पसन्द न आया। सोचा, दामाद ट्रक घुमाता है, ऐबी होगा। जब तक वो शिकायत कर पाती उससे पहले ही कामना के सात भाई, सात भाभियाँ, तीन बहनें, तीन जीजा और पिता, सबने समवेत स्वर में कहा : ऐसी झगड़ालू के लिए और भला कैसा लड़का चाहिए। भाइयों ने चूँकि मिलकर अभी कुछ ही दिनों पहले इसे मारा-पीटा था इसलिए उनसे और उनके परिवारों से बातचीत बन्द थी। वजह, चुराकर दूध पीना, बतलाई गई थी।

कामना के बड़े भाई रामआसरे को कुछ एहसास हुआ और उन्होंने हज्जाम को बुलावा भेजा। हजाम आया, बख्शीश में ग्यारह रुपये पाकर नायगाँव की राह चल पड़ा, जहाँ दूल्हे का नाम मिल सकता था।

कामना बिहँसते हुए कहती थी : वहाँ भी सबको पानी पिला दूँगी। लोग मजे लेते थे। वह जानती थी, लोग आनन्द ले रहे हैं इसलिए बढ़-चढ़ के दावे करती थी। जी ही जी, पर, उसका सोचना बड़ा प्यारा और जिद भरा था। वह अकेले पड़-पड़कर थक चुकी थी। हर झगड़े-झंझट के बाद पाती थी कि तमाम मार-पीट, गाली-गलौज खत्म होते ही वो अकेले पड़ गई है।

जिसके लिए लड़ रही होती, वह ही, पता नहीं किस मुकाम पर कामना का साथ छोड़ विरोधियों से मिल जाता। बहाना वही—बहुत लहजबान है। कई बार तो ऐसे बद्तर मौके भी आए जब उसे अपना भोजन अलग पकाकर खाना पड़ा।

कामना ने तय कर रखा था कि नये घर में प्रवेश करते ही वह अपने-आपको बदल लेगी। कोई जबाबा-जबाबी नहीं। कोई झंझट नहीं। कुछ भी ऐसा नहीं करना कामना, खुद से ही कहती, कि सब तुम्हें अलग-थलग कर दें।

उम्रवान और दुनिया देखे पति के लिए शादी की रस्म ही महत्त्वपूर्ण थी। सो, दो से तीन दिन ही में चलता बना। खयाल उसके भी नेक थे पर विवाह के रोमांच से वह भिज्ञ था इसलिए शुरू दिन से ही एक प्रेमिल निस्पृहता उसने पत्नी के लिए बना ली थी। कामना ने भी अपने गाँव में नवेली व्याहताओं की जो गति देखी, सुनी थी इसलिए उसे किसी बात का आश्चर्य नहीं हुआ। दुख भी नहीं। एक तो उसके साथ उसका दृढ़ निश्चय था जिसमें उसके ऊपर लगे झगड़ालू का निशान उतारना था, दूसरे गाँव का उसका अनुभव कि उसने चुप-चुप रहते हुए जीना शुरू किया।

लोगों की निगाह पर वह तब चढ़ी जब उसका पति सवा साल बाद बीमार, मरणासन्न, लौटा। साथ लौटे खलासी ने बीमारी का नाम एड्स बताया और यह भी कि डॉक्टर ने कहा है, अब चलने-चलाने का वक्त आ पहुँचा है।

बीमार पति को कामना के कमरे में डाल दिया गया। कामना को उसके आगम की खबर हो चुकी थी, फिर भी सारा काम निबटाकर,

घर बुहारना, चौका लीपना, बर्तन माँजना, दीया-बाती करना, मसाला पीसना, खाना पकाना, ठाकुर जी को भोग लगाना, सबको खिलाना, सास का बिस्तर लगाना, भैंस का भात चढ़ाना, खली भिगोना...सब निबटाकर अपने कमरे में लौटी। ढिबरी की नीम रोशनी में पति को आधा-अधूरा देखा। इच्छा और अनिच्छा के बीच के किसी भाव से ही सही, पैर छुए। अशक्त पति फुसफुसाया। न मालूम कहाँ का चोर उसके मन में समाया कि बड़ी दयाद के बच्चों के लिए रखे दूध में से पसर-भर निकालकर पति के लिए लेने गई। ला ही रही थी कि पकड़ी गई। ससुराल में उसकी यह पहली पिटाई थी।

दो महीने तक स्वरूप जीवित रहा। इस बीच का उनका जीवन कामना की खातिर सर्वोत्तम साबित हुआ। ऐसा नहीं कि साथ खूब मिला। न। दरअसल साथ होने के एहसास को वह पहली मर्तबा जी रही थी। सुबह जल्द उठकर कामना स्वरूप का बिस्तर बाहर लगा देती, यह विदाई समूचे दिन की होती थी।

एक रात स्वरूप ने हाजत की बात बताई। किसी को बताए बिना कामना खुद स्वरूप के साथ बाहर चली आई। निबटान तक वह वहीं मेड़ पर बैठी रही। यह उसके लिए पहला मौका था जब वह पति के साथ घर से बाहर निकली थी। चाँद से भरी भारी रात में उसने पहल कर कहा, बैठते हैं।

अशक्त स्वरूप कामना के लिए कुछ करना चाहता था, इसलिए बैठ गया। जब बैठना मुश्किल लगने लगा तब उसने अपना सारा वजन कामना की गोद में डाल दिया। दोनों चुप थे। स्वरूप ने एक बात जरूर कही : कोई भी मरना नहीं चाहता है।

कामना आसमान देख रही थी। उसे बाबर का किस्सा मालूम नहीं था और न ही वह गीत लेकिन वह जो कुछ भी सोच रही थी कि काश पति को उसकी उम्र मिल जाए। सुबह होने तक वे दोनों वहीं रहे।

गलती भी की कि प्रेम किया।

कामना का जीवन कचहरी-वैद्य, डाँट-फटकार-झगड़े, बचे-खुचे आत्मसम्मान की लड़ाई में गुजर रहा था पर एक दिन ऐसा आया जब उसने बिस्तर पकड़ लिया। पहली दफा देखकर ही कम्पाउंडर या कह लीजिए डॉक्टर ने जवाब दे दिया। जिला अस्पताल ले जाने को कहा पर फुर्सत किसे थी? सब अपने-अपने अन्दाज से बीमारी का अनुमान लगाए बैठे थे, लाइलाज वगैरह के विशेषण जोड़े बैठे थे लेकिन कामना का व्यक्तिश: जो अनुभव था, दीगर था—वह पहला दिन जब कामना का भरोसा जीवन मात्र से दरक गया।

दर्जी वैसे साथी में तब्दील हो रहा था जो तब आपका साथ देते हैं जब आप पर फैले इल्जाम आपको लाचार बना दें : सुख-दुख का साझा, गाँव-गिराँव की उलटबाँसियाँ। ऐसा अकुंठ अनुराग उपज आया था जो सहज सम्भाव्य होते हुए भी मर्यादितों के लिए वर्जना है। पर उस दिन दर्जी ने शरारत कर दी। इरादतन।

इस गाँव की दुपहरी में सुनसान भी शोर करता है। दर्जी ने झोंक में आकर कामना को दीवाल से टिका दिया। वह व्यवहार से इच्छाहीन और शरीर से अशक्त जान पड़ता था। कामना माजरे से अनजान न थी। उसकी अपनी कामनाएँ होते हुए भी जैसे बन्द किसी पोटली में ढँकी रह गई हों कि वह अवाक पड़ गई।

निर्जोर विरोध किया। दर्जी के हाथ-पाँव चल रहे थे पर जाने क्यों आँखें मुँद गई थीं।

अपराध का बोध घहर रहा हो, शायद। कामना को सिलाई मशीन के पायदान तक खींचने लगा तभी कामना को अपने पति का रोग और खुद के बारे में फैली बीमारी की अफवाह याद आई। वह बिफर पड़ी। दर्जी को यह बिन बताए कि उसके भले के लिए वह यह सब कर रही है, उसने जोर का धक्का दिया। दर्जी खुली आँखों के संग दूर जा गिरा। यह सब जैसे कम हो कि बचे हुए विश्वास पर मिट्टी डालने के लिए दर्जी को दो-चार तमाचे भी जड़ दिये।

कामना ठीक उसी दिन से मरणासन्न हुई। घरऊ लोगों को लगा, मर जाएगी। इसलिए पुरोहित को बुलाकर 'बछिया दान' कराया गया। सभी घरों से एक या दो लोग आते, डलिए में लाया आटा-दाल और दो-तीन आलू कामना के शरीर से छुकर पुरोहित को दान देते गए। पुरोहित कामना के एड्स होने के हल्ले से परिचित था इसलिए उसने तथ्य को जाहिर किये बगैर, सदाशयता के नाम पर, सारा-का-सारा चढ़ावा दूसरों में बाँट दिया। सबसे अच्छी पोटली बाबूलाल के हाथ लगी—दाल। पाँच किलो से जिन्दा दाल निकली। एक किलो दाल बाबूलाल ने खुद के खाने के लिए रख लिया बाकी की दाल बाजार के बनिये के हाथ बेच दिया। इसी बनिये से पुरोहित के घर का सामान खरीदा जाता था।

अनुमानों के उलट जब कामना जीवित बच गई तब सबकी उम्मीदों और जान में जान आई। वकीलों के मशविरों और उन पर अमल का दौर शुरू हुआ। नइहर पक्ष के वकील की फीस कम पड़ने

लगी तो तय हुआ कि जब जमीन हिस्से में आ जाएगी तो चौथाई वकील साहब के नाम कर दिया जाएगा, जिसे सभी अधिकारियों से मिल-बाँट लेंगे। यह भी तय हुआ कि इस चौथाई जमीन की लिखाई, रजिस्ट्री और खारिज-दाखिल का सारा काम बड़े भाई को देखना होगा। वकील ने सलाह दी : कामना को ससुराल भेजो। जल्द से भी जल्द। वहाँ मरी तो मामला अपने पक्ष में झुकेगा।

किस्मत या वकीलों का सीमित ज्ञान, जो कहिए, ससुराल पक्ष के वकील ने भी यही सुनाया : बहू को नइहर में ही मरने दो, अपना पक्ष मजबूत होगा। बाबूलाल वकील को भी वकील तरण मिश्रा की डील पता पड़ चुकी थी इसलिए उसने भी चौथाई जमीन का सौदा करना चाहा। लेकिन ससुराल वाले उलटे इनकी बची-खुची फीस लूटने पर आमादा हो गए इसलिए बाबूलाल वकील को यह खयाल तज देना पड़ा।

कामना की मृत्यु! सबके मूल में यही था। कब्जा उसकी लाश पर होना था इसलिए पहली बार बहन की निगाह में गिरने से बचने की खातिर भाइयों ने कामना का अपहरण करा दिया। वह अशक्त, बीमार, खुद से ही रूठी हमारी नायिका, शाम के समय 'लौटने' गई थी कि कुछ लोगों ने उसकी गर्दन पर चोट पहुँचाकर उसका अपहरण कर लिया।

गाँव में शोर। सबकी एक राय; जरूर यह ससुराल वालों का चर है। वे कामना को अपने पास रखना चाहते हैं। सच ही सुबह-सुबह यह खबर आई कि कामना ससुराल के सीमाने पर भौंकते हुए कुछ कुत्तों के बीच पाई गई। इस गुमान में कुत्ते भूँके जा रहे थे कि उन्हें पहली बार किसी इनसान ने तरजीह दी है।

नइहर में यह तैयारी चल रही थी कि अपहरण का यह मामला थाने में दर्ज हो। कोई सामान्य दिन रहा होता तो केवल पट्टीदारी के लोग साथ जाते पर यह सोलह बीघे जमीन का मामला था और समूचा गाँव चाहकर भी यह सोचने से खुद को मना नहीं कर पा रहा था कि काश एक टुकड़ा उसके हिस्से आ जाए।

इसके कई प्रयास हो चुके थे। कभी कचहरी के मारपीट वाले मुकदमे के बहाने अपना नाम डालने की कोशिशें, कभी सीधे-सीधे अपना नाम डालने की धौंस। आज भी थाने चलने के लिए कामना के घर के बाहर लोग जमा होने लगे थे। दोपहर ढलने को आ रही थी और अभी भी लोगों का इन्तजार हो रहा था। पुलिस थाने का अतिरिक्त भय न होता तो कामना के भाई इनमें से किसी को साथ न ले जाते। उन्हें भय था। पुलिस का नहीं। इस बात का कि कहीं इन लालचियों में से किसी के नाम मुकदमे न डल जाए।

इन्हीं तैयारियों के बीच गाँव के इकलौते छोटा हाथी के ड्राइवर ने आकर सूचना दी : गाँव के बगीचे में किसी महिला को लिटा दिया गया है। पंच वहीं चले। शायद कामना है या उसका शव। थाने जाने वालों का उत्साह पानी हो गया। परिवार वाले, अलबत्ता, बागीचे तक जरूर गए। कामना जीवित और मृत के बीच कुछ थी। बड़े भाई की रुलाई फूट पड़ी। लकार में। जैसे कोई बाँध टूटता हो। यह देख सातों भाई सुबकने लगे। वे कानून और इच्छाओं के आगे मजबूर थे वरना बहन की यह दुर्दशा उनसे देखी नहीं जा रही थी।

अगर कानूनी पचड़े न होते तो सोलह बार क्या एक बार भी कामना को ससुराल भेजने की जरूरत नहीं थी।

वहाँ उसका था भी क्या। स्मृतियाँ जाले की शक्ल ले चुकी थीं और परिचित खूँखार हो चुके थे। माँ ने, लेकिन, विरोध किया। वह उस खटिये पर बैठ गई जिस पर कामना को लिटाया गया था। तकलीफ में कामना करवट तक नहीं बदल पा रही थी। वरना उसकी चाहत हो रही थी कि वह किसी ऐसे करवट घूम जाए जहाँ से इन सबका चेहरा न दिखे।

कामना को खटिये पर लिटाकर इसलिए नारियल की रस्सी से बाँध दिया गया था कि गाड़ी के हिलने-डुलने से गिर न पड़े। यह ससुराल वालों ने किया था। इसलिए नइहर वालों ने, खयाल की खातिर, प्लास्टिक की रस्सी भी चारपाई पर बाँध आए।

माँ को मशक्कत से मनाना पड़ा। उसे खुद को यह यकीन दिलाना पड़ा कि बेटी के जीवन से घर का कुछ भला हो सकता है। इस तरह दो दिनों में नइहर से ससुराल और ससुराल से वापस नइहर के कुल सोलह चक्कर लगे। दोनों तरफ, इत्तेफाक कि, गाड़ियाँ भी एक जैसी ही थीं—छोटा हाथी। बारी-बारी से गाड़ियाँ कामना को या क्या पता कामना के शव को नइहर और ससुराल के सीमाने पर छोड़कर चली आ रही थीं। यह सब वकीलों और गाँव के बुजुर्गों की देख-निरेख में हो रहा था।

तीसरे दिन यानी सोलहवें चक्कर की बारी, कामना की माँ ही ने पूछा : देख तो लो, क्या पता कुछ खाना-पीना चाहती हो? माँ तटस्थ दिखने की कोशिश कर रही थी, उसे लग रहा था कि बेटी के लिए उमगते भय और स्नेह का पता घर वालों को चलेगा तो कहीं बुरा न मान जाएँ। एक भौजाई गाड़ी के पास गई।

यहाँ उसे अनजाने ही बढ़त हासिल हुई। जिस चारपाई से बँधी पड़ी थी उस पर समय खर्चा, नब्ज टटोलती रही और मारे अचरज और खुशी के, रोने लगी।

मृतक के घर में ऐसा कोई-न-कोई निकल आता है जिसे शोक के सभी भाव स्थगित करने पड़ते हैं और लोहार, हज्जाम, पुरोहित आदि को बारम्बार बुलाने जाना पड़ता है। कामना के भतीजे के जिम्मे यह काम आया। पुरोहित ने घर बैठे ही कफन-दफन के सामानों की सूची लिखा दी। कफन पहनाने से पूर्व पानी के गलबल छींटे मारकर कामना के शव को नहलाने की रस्म निभाई गई। पूरे शरीर में घी मलने की बारी आई। माँ ने अपना सन्ताप परे रख यह काम लिया पर बेटी का चेहरा देख वहीं बैठ गई और बिन आवाज रोती रही। मँझली भौजाइयों ने घी मलने का काम पूरा किया।

टिकठी (अर्थी का सामान) के लिए बाँस की जरूरत थी। सतऊ लोहार खुद न आकर अपने बेटे अयोध्या को भेज दिया। अब सतऊ के बड़े बेटे अयोध्या ही इस गाँव की लोहारी देखते हैं। बँटवारे में अयोध्या के हिस्से दो गाँव आए हैं और बाकी के दो बेटों के हिस्से एक-एक गाँव। वे दोनों बेटे शहर जाकर बढ़ईगिरी करते हैं। अयोध्या इस पेशे में नये हैं फिर भी भिज्ञ हैं। टिकठी के लिए हमेशा तीन बाँस उसी घर की 'बँसवाड़ी' से काटते हैं जिनके यहाँ मृत्यु आई होती है।

इस बार गाँव के तीन बड़े घरों की बँसकोठी से एक-एक बाँस लिया। अयोध्या चूँकि मृतका के उम्र-भर से वाकिफ थे इसलिए उनका कहना था, बाँस मजबूत चाहिए। अयोध्या बाँस काटते गए और मृत कामना के तीन भाई उसे बँसकोठी से खींचकर निकालते

और फिर अपने दरवाजे पर लाकर रखते गए। टिकठी तैयार होने में एक घड़ी का समय लगा।

कामना के घर का मजाक बनते बनते तब बचा जब भावनाओं के उछाह में बड़ी भाभी ने सिन्होरा (सिन्दूरदान) भेजकर टिकठी के पास रखवा दिया। रोहू हज्जाम ने बताया, विधवाओं के साथ कुछ नहीं जाता। चुपके से उस सिन्होरे को अन्दर भेज दिया गया। वैसे, वहाँ मौजूद वकील ने इसे अपनी पराजय मानी। अगर सिन्होरा भेजने की परम्परा होती तो अदालत में एक मौका यह भी कहने को मिलता, ससुराल पक्ष ने निर्दयतापूर्वक सिन्होरा दबा लिया इसलिए कामना के शव का संस्कार भी अधूरा हुआ। वकील का मानना था कि न्यायाधीश अधूरे संस्कार के इस तर्क पर विह्वल हो जाते और अगर नइहर के पक्ष में फैसला न सुनाते तो कम-से-कम सुनाने का मन तो बना ही लेते।

कामना का शव-दाह सरयू किनारे होना था। घर से आठ कोस दूर। अर्थी लेकर इतनी दूर पैदल चलना कठिन है, फिर भी लोग जाते हैं। इस बार लगभग सारा गाँव, नंगे पाँव, कामना की शवयात्रा में निकल पड़ा था। दर्जी गाँव में ही रह गया। लोगों ने पूछा भी पर वो आने से इनकार कर गया। समूचे रास्ते बारी-बारी से लोग काँधा बदलते गए।

शव को घर से उठाकर और घाट पर फूँकने के बीच पाँच दफे ही जमीन पर रखा जा सकता है, जिसमें एक बार गाँव के सीमाने पर रखने का भी चलन है। इसलिए बाकी के रास्ते में हर दो कोस पर अर्थी रखी जाती और लोग सुस्ताते। यहाँ से नये लोगों का समूह अर्थी उठाते हुए आगे बढ़ रहा था। कोशिश यही थी कि एक समान ऊँचाई के लोग ही एक बार काँधा दें ताकि शव इधर-उधर

न खिसक जाए और वजन किसी एक तरफ ही न बढ़ जाए पर घाट पहुँचते-पहुँचते कामना का शव पीछे की ओर लुढ़क आया था।

छलगलैया गाँव के बूढ़े बरगद के नीचे, जहाँ अन्तिम दफा शव को जमीन पर रखा गया, सइकिलहा और पैदल शवयात्री आराम फरमा रहे थे कि किसी ने खबर सुनाई : नायगाँव (ससुराल) वाले घाट पर दल-बल के साथ इन्तजार कर रहे हैं। सबका कलेजा सूख आया। वकील ने बताया, जरूर वे लोग लाश छीनने की कोशिश करेंगे। उन लोगों के पास बन्दूकें थीं जो वे लेकर आए होंगे। नइहर के लोग इस आशंका से अनभिज्ञ थे इसलिए कुछेक के हाथ में टेक वाली लाठी के अलावा कुछ न था।

शवयात्रा को विराम दिया। लोग साइकिलों से वापस लौटे और जिस भी हालत में उनके पास जो भी हथियार मिले, लेकर आए। टाँगी और कुदाल से लेकर कट्टा-बन्दूक सब लेकर आए और शवयात्रा आगे बढ़ी। दोपहर सबके कलेजे पर चढ़कर बोल रही थी। नदी का किनारा और उसकी तपती रेत का विस्तार इतना खुला था कि कोस-भर दूर से ही लोगों के पाँव जलने शुरू हुए। कूदते-फाँदते, रेत और सरयू नदी को गाली देते हुए लोग शव लेकर नदी की ही ओर भाग रहे थे।

नदी धूप की तरह चमक रही थी और उस खुले में इतनी रोशनी थी कि चौंध से सभी अन्धे हुए जा रहे थे। डोम बुलाया गया। लकड़ी और गोईंठा गाँव से ही आया था, डोम से दो किलो नीम की लकड़ी रस्म पूरी करने के लिए ली गई।

चिता सजाने के लिए आम की मोटी बल्लियाँ नीचे बिछा रहे थे तब डोम ने टोका। आम की लकड़ी जल्द जलती है इसलिए उसे ऊपर रखिए।

नीचे जामुन और खैर की लकड़ी रखी गई। लाश को तुरन्त ही उस पर रख देना चाहिए था पर इस बात के फैसले में देर हो गई कि मुखाग्नि कौन देगा? सभी भाई अपनी विनम्र और अश्रुपूरित दावेदारी पेश कर रहे थे पर बड़े भाई ने अपने बेटे नरेश, यानी कामना के भतीजे को, आगे कर निर्णायक बढ़त ले ली। मँझले ने अपने बेटे की बात चलाई पर सभी ने एक स्वर में कहा, उसका उपनयन संस्कार (जनेऊ) नहीं हुआ है इसलिए वो अयोग्य है।

इधर चिता पर शव रखा जा रहा था और उधर पुरोहित नरेश को नदी स्नान के लिए तैयार कर रहा था। स्नान के बाद हज्जाम ने किनारे के कुछ बाल उतार लिये। अब आग जलाने की बारी थी जिसे डोम से लेना था। डोम को भनक पड़ चुकी थी कि मोटी जायदाद का मामला है इसलिए वो आग देने से पहले हजार रुपये की दक्षिणा पर अड़ गया। जबकि नइहर पक्ष ने ग्यारह रुपये की तैयारी कर रखी थी। गाँव के बिचवान आगे आए। डोम चिता-स्थान छोड़कर अपने डीह पर चला आया, पीछे-पीछे कामना के भाई तथा कुछ लोग भी आए।

ऐन उसी पल शोर का वह सैलाब उठा। यात्री अतीत के कन्धे पर बैठकर देखें तो कह सकते हैं सब कुछ कितना सोचा-समझा था पर उस वक्त किसी को यह समझ नहीं आया, हो क्या रहा है? ससुराल वाले ने एक साथ छः या सात 'फायर' कर कामना की चिता का अपहरण करने आ गए। पहले उनका इरादा सिर्फ शव लूटने का था। चिता वो खुद ही सजाना चाहते थे पर शव लूटना सम्भव होते न देख उन लोगों ने चिता पर ही धावा बोल दिया। जवाब में इधर से भी धुआँधार हवाई फायरिंग हुई। कुल्हाड़ियाँ, कुदाल और लाठी की लड़ाई शुरू हुई।

सबके हाथ सिर्फ इसलिए बँधे थे कि उन्हें कर्मकांड सहित शवदाह करना था वरना अदालत में उनका पक्ष कमजोर पड़ जाता, वरना अब तक चिता आग पकड़ चुकी होती। इस तरह, खून-खराबे वाली मारपीट में चिता बिखरने लगी और सबसे तेज चीख तब मची जब किसी की कुल्हाड़ी का भारी वार शव पर पड़ा। फिर तो इतने टुकड़े हुए कि चिता का वह क्षेत्रफल लकड़ियों की बजाय खून से भर गया। लोगों को खोज-खोजकर पीटा जा रहा था। सरे बाजार ऐसा दंगा कभी नहीं देखा गया।

देर रात जब उन्माद थमा तो नदी का वह किनारा गिरे हुए पुरुषों से पटा पड़ा था। वकील जो भाग चुके थे वे नये तरकीबों के साथ वापस आए। तय हुआ कि जो भी यह साबित कर देगा, शवदाह उसके जरिए हुआ है, उसकी दावेदारी मजबूत होगी।

कामना के कुल एक सौ छप्पन शव उस रात जले। दोनों मुद्दई पक्ष पीछे छूट गए। दोनों गाँवों के ताकतवर लोगों ने लाश के टुकड़े चुन-चुनकर नदी के किनारे सौ से ऊपर चिताएँ जलाईं। कामना के भाइयों को होश आया तब वे भी चिता सजाने में लग गए। लकड़ियाँ खरीदने का धन नहीं था इसलिए वहीं तय हुआ कि जायदाद का दसवाँ हिस्सा लकड़ी वाले को देना होगा। डोम भी दसवें हिस्से में मान जाता पर उसकी पत्नी ने भर मुँह गाली देते हुए उसे आग देने से मना कर दिया। सबने खुद ही आग जलाई और सबने ऐसे किस्से गढ़ने शुरू किये : कामना के जीवन में उनके घर-परिवार का कितना बड़ा योगदान रहा है।

बड़े भाई को चिता के लिए कामना का कटा हुआ पंजा मिला। दूसरे भाई ने कुहनी को लाश बनाकर जलाया। पुरोहित ने कितनों

को कुश का शव बना कर दिया, उसे याद नहीं। पहले उसने गिनना शुरू किया पर दसवें हिस्से के उन्माद में गिनना ही भूल गया। मान बैठा कि जो ईमानदार होगा वो खुद-ब-खुद हिस्सा दे देगा।

मँझले भाइयों में से एक को जब कुछ न मिला तो उसने अपनी कमीज मूल चिता के पास फैले रक्त में डूबोकर चिता सजाई। कामना के जेठ और देवर भी कुछ खून उधार माँगकर ले गए। भाइयों ने अब जाकर सोचा, जायदाद किसी तीसरे को मिले इससे अच्छा है कि जिनका था उनके ही पास रह जाए। इसलिए उन लोगों ने उधार में नहीं बल्कि सहयोग भावना से खून तथा कामना के शरीर के कुछ टुकड़े खोजकर ससुराल वालों को दिये।

कस्बे के सारे हज्जाम बुला लिये गए। एक सौ छप्पन मुंडन में करते-कराते सुबह हो आई। सबसे जल्द और विधि-विधान के अनुसार, ग्राम प्रधान समेत आठ घर वालों ने शवदाह के कार्यक्रम निबटाए। कचहरी में भी इन सबने जो खेल खेला वह सराहनीय था। उन्होंने दोनों पक्ष के वकीलों को तोड़कर खुद के लिए रख लिया। फिर भी कचहरी में एक सौ छप्पन आवेदन पहुँचे, जिनमें से कामना के दो भाइयों को छोड़ दें तो किसी भी महत्त्वपूर्ण परिवार का आवेदन खारिज नहीं हुआ। फिर भी कामना के बड़े भाई ने बड़प्पन और दुलार में कहा : अगर हम मुकदमा जीते तो सभी भाइयों में बराबर का हिस्सा बँटेगा।

कामना की तसवीर हर घर में मिल जाएगी। दालान या ओसारे में, ससम्मान टँगी इस तसवीर से जुड़े अलग-अलग किस्से हर घर में मिल जाएँगे।

कथायुक्ति का अपराधबोध

धूर्जटि पाण्डेय उमी देई के प्रथम द्वितीय और आखिरी पुरुष हैं। घर में कोई मेहमान हो न हो, सब्जी में नमक उमी उतना ही डालती है जितना धूर्जटि को पसन्द है। एक-दूसरे में इनका जीवन इस कदर सम्पूर्ण है कि दोनों को एक-दूसरे के सारे अन्दाज पता हैं : भोजन करते हुए किसे क्या बोलना है और क्या सुनना है, प्रेम करते हुए किसे कितनी देर तक थामे रखना है यह सब दिशाओं की तरह तय है। समय, अनुपात, मात्रा। संयोग का इनके जीवन में कोई स्थान नहीं जैसे यह संयोग जीवन के बजाय गल्प सूत्र हो।

आज दृश्य कुछ अलग है। जीवन ने अनेक वर्षों की केंचुल उतार दी है तब उमी का भाई राधे घर आया है। कल रात दरवाजे पर दस्तक हुई तब उमी नींद में कुनमुनाई जैसे किसी याद ने दस्तक दी हो। दस्तक दुबारा हुई तो नींद खुली। दरवाजे पर भाई था। विस्मय लकीर की तरह उमी की आत्मा पर उभर आया। वह किनारे हुई ताकि राधे घर के अन्दर आ सके। बहन यह भी नहीं पूछ सकी, नये घर का पता कैसे चला?

राधे जब से आया है, धूर्जटि उद्विग्न हैं। नींद तकिये के इधर-उधर कहीं गुम हो गई है। उन्हें अपने साले के आगमन से कोई ऐतराज नहीं पर वह ईनामी है। बहुत साल पहले कुछ किताबों और इनसानी मुश्किलों को हल करने में ऐसा उलझा कि भूमिगत होना पड़ा।

धूर्जटि से विलग इस संसार में उमी का एक यह मुँहबोला भाई-भर है : राधे। जब धूर्जटि, उमी को ब्याह कर लाए थे उन्हीं किन्ही रातों में उमी ने उनके निढाल शरीर पर खुद को बिछाकर आग्रह किया कि राधे के लिए इस घर के दरवाजे खुले रहें, उसका इस दुनिया में कोई नहीं। धूर्जटि ने उमी का रक्ताभ मुख चूमते हुए सहर्ष हामी भर दी। उन दिनों राधे आठ या दस वर्षों का था इसलिए पाण्डेय जी ने उसका नामांकन औसत से अच्छे विद्यालय में करा दिया।

छोरा समझदार था। पढ़ा, लिखा और धीरे-धीरे जंगल से हिल मिल गया। यह सब इतनी शाईस्तगी से हुआ कि धूर्जटि कुछ समझ पाते तब तक राधे अपनी तेजी और हेल-मेल के नाते नामजद हो चुका था और उसके चौकोर सिर पर बीस हजार रुपये का ईनाम पड़ गया। घर छूट गया। कभी कांकेर के जंगल, कभी मैनपाट की पहाड़ी, कभी बस्तर, इन जगहों से आई कोई खबर उसकी मुँहबोली बहन बड़े गौर से पढ़ती। प्रेमपटु पतिदेव को इन जगहों की खबरें सुनाती। इससे धूर्जटि को फायदे होते थे।

दोनों ही बातें थीं। पुलिस की लाठी का वास्तविक भय और धूर्जटि का अदृश्य परन्तु गहरा भय। दफ्तर में किसी फाईल को

अपनी स्याही से सींचते हुए उन्हें खयाल आता कि राधे उनका मुँहबोला ही सही पर रिश्तेदार है और इस खयाल-भर से उनके दवात की स्याही सूख जाती। इसका फायदा यह होता कि वे उस फाईल को दुबारा-तिबारा पढ़ते और बची-खुची गलतियाँ सुधारते। उनके काम की तारीफ होने लगी। उन्हें दफ्तर की कार्यशालाओं में ट्रेनिंग देने के मौके दिये जाने लगे। प्रोन्नति हुई। पैसा बनाया। नया घर कर लिया।

दाम्पत्य के शुरुआती दस साल अमंगल बीते और निःसन्तान होने की चिन्ता भोजन के हर कौर में घुलने लगी थी। उन्हीं दिनों राधे के ईनामी होने की घटना घटी। फिर तो अबाधित प्रेम खंड-खंड होने लगा पर इसके भी फायदे धूर्जटि ने उठाए। होता यों कि किसी बेसुध क्षण में उमी राधे का जिक्र उठा देती और इतने-भर से धूर्जटि निस्तेज और ध्वस्त हो जाते। पुलिस की लाठी उन्हें दीखने लगती। पत्नी उन्हें बिखरे महुए की भाँति बटोरती और प्रेम के लिए पुनः तैयार करती। एक तरफ यह होना था कि दूसरी तरफ साल अन्तराल पर इन्हें दो बेटियों का जन्म इनके घर-आँगन में हुआ। स्नेहल और सुवर्णा।

सुबह-सकारे राधे की मुलाकात भांजियों से हुई। दोनों सहमी हुई थीं। पास आने से घबरा रही थीं। बड़ी अपने कमरे से ही 'वॉच' कर रही थी पर छोटी सुवर्णा, माँ के पीछे खड़ी होकर राधे को देखे जा रही थी और जब भी राधे उसे बुलाए, माँ की साड़ी में छुप जाती। उमी वे सारी बातें भाई को बता रही थी जो इस बीच घटी।

करते-धरते दोनों भांजियाँ इसके पास आईं, इसने कुछ दिलाने का वादा किया तब वे दोनों बच्चियाँ इससे खुल पाईं। खुलते ही पहला सवाल बड़ी ने किया : मामा, आप आदमी हैं? राधे ने हल्के मूड में जबाव दिया : हूँ तो। इस पर बड़ी ने तमककर कहा : फिर मेरे स्कूल टीचर्स आपको नक्सली कहते हैं! इस प्रश्न पर राधे ठठाकर हँस पड़ा। बच्ची को गोद में उठा लिया और खुली हँसी के साथ उमी से कहा : दिदिया रे, तोर बिटियवा सब तो भारी तेज हन!

असली मुश्किल धूर्जटि से मुखातिब थी। राधे के आगमन पर उनका दिल बैठ गया। पलँग के पाटे पर और फिर 'कमोड' पर बैठे-बैठे सोचते रहे कि किसी ने इसे आते हुए देख लिया होगा तब तो यह जीवन भी गया और नौकरी भी। बच्चों का क्या होगा। पत्नी का? पत्नी का खयाल आते ही उनका गला रुँध गया। दाँत माँजने में उन्हें बीस से पच्चीस मिनट लग गए। फिर कुछ सोचने की हाजत महसूस हुई तो कमोड पर जा बैठे। एक यही जगह बची थी जहाँ उनके खयाल किसी खास तरतीब से आ-जा रहे थे।

नाश्ते की मेज पर इनकी अटल मुलाकात हुई। सरकारी मुस्कान के साथ धूर्जटि ने राधे का अभिवादन स्वीकारा। एक ही प्रश्न पूछा : आन्दोलन कहाँ तक पहुँचा, साले साहब? हालाँकि अब तक वे पसीने से तर-बतर डूब चुके थे। सीने के भीतर घूमती हवा महसूस हुई और बेचैनी थी कि बढ़ी जा रही थी। नाश्ते में पत्नी ने उनके ही स्वाद का खयाल रखा था पर इस उम्र में भी भाई से भेंट की चहक उसके चेहरे पर मौजूद थी। राधे ने यहाँ आने के जो कारण बताए उसमें न तो धूर्जटि को विश्वास था और ना ही दिलचस्पी।

जब पत्नी से उन्होंने बेचैनी निवारक टिकिया माँगी तो पत्नी परेशान हुई, पूछा : हुआ क्या है आपको? इन्हीं किसी पल में राधे ने बताया कि वो बस निकलने वाला है। बहन ने भाई को शाम तक रुकने की बात कही। पत्नी ने पति को दवा थमाई और दफ्तर से छुट्टी ले लेने की सलाह दी। भाई जानता था, बहनोई को क्या बीमारी है? बहनोई जानता था कि बेटियों ने अगर स्कूल या कहीं कुछ भी बता दिया या फिर किन्हीं और माध्यम से साले के आने की खबर फैल गई तो यह 'पुलिस जिला' उनके सरकारी अधिकारी होने की बात भूल जाएगा। जाने क्या सोचकर उन्होंने भी रिश्तेदार को शाम तक रुकने के लिए कहा और आसन्न जीवन की भयभीत कल्पना के साथ जैसे-तैसे दफ्तर के लिए निकले।

उनके कहने पर ड्राइवर ने गाड़ी पुलिस अधीक्षक के दफ्तर की तरफ घुमा दी। मुलाकात सम्भव हुई तो उन्होंने अपनी सारी वाकपटुता धकेल दी। अधीक्षक से अर्ज किया, इस सूचना के ईनाम में उन्हें बस इतना ही चाहिए कि उनकी पत्नी को कोई भनक ना लगे। अधीक्षक, पुलिस जिले का राजा होता है। सर्वेसर्वा। उसने धूर्जटि को नागरिक कर्तव्य निभाने की खातिर शुक्रिया कहा, गले मिला, फिर पीठ थपथपाई, फिर फिर से गले मिला, शुक्रिया कहा, जैसे कह रहा हो कि धूर्जटि तुम नहीं जानते तुमने कितनी बड़ी मदद की है।

यहाँ जरा भी निगाह दोष होता तो धूर्जटि के अपराधबोध पर कितना कुछ लिखा जाता, कुछ ऐसा लिखा जाता जिसे प्रकाशित करने वाले और लेखक दोनों पर पेड़ काटने का मुकदमा लिखा दिया जाना चाहिए।

दरअसल यहाँ उस अपराधबोध का जिक्र होना था जो 'संयोग' नामक कथायुक्ति महसूस कर रही थी।

'पत्नी को कुछ भी भनक ना लगे' की बात पर अधीक्षक ने धूर्जटि को 'संयोग सूत्र' की कथा सुनाई। बताया कि भारतीय पुलिस को जितनी मदद संयोग ने की है उतनी तो वर्दी या बड़ी-से-बड़ी लड़ाई नहीं कर सकती। जनमानस में संयोग को इतना ऊँचा दर्जा हासिल है कि हमें कभी कोई परेशानी नहीं होती। संयोग कोई पात्र होता तो हम उसे ईनाम देकर अपने पास रखते। उधर, 'संयोग' था कि बार-बार पुलिसिया इस्तेमाल से तंग आकर आत्महत्या कर लेना चाहता था पर उसके हाथ बँधे थे। उसके ठोस आँसू हवा में फैल रहे थे पर लोगों का सहज ज्ञान ऐसा कमतर था कि उन आँसुओं को लोग अभ्रक, कोयले या अन्य खनिज की धूल समझ फाँक रहे थे।

अधीक्षक ने धूर्जटि को एक पौराणिक किस्सा सुनाया। यह शिव, पार्वती, सुग्गे और मृत्यु से सम्बन्धित था। इस किस्से में एक पहाड़ी गुफा का जिक्र आया जिसके बारे में अधीक्षक ने बताया कि इस दफा वो पहाड़ी गुफा केदारपुर के जंगल में होनी चाहिए। किस्से का पहला हिस्सा पाण्डेय ने कंठाग्र कर अपनी पत्नी के लिए रख लिया जिस हिस्से में यमदूत सुग्गे को घूरता है, पार्वती सुग्गे का जीव बचाने की खातिर शंकर जी से जिद करती हैं, शंकर जो कि स्वयं ही मृत्यु के ईश्वर हैं, पत्नी की इस मनुहार पर अन्दर-ही-अन्दर खुश होते हुए सुग्गे को सौ योजन दूर एक पहाड़ी पर भेज देते हैं। उसी पौराणिक किस्से का आखिरी हिस्सा यह था जिसे अधीक्षक ने जोर देकर बताया :

...देवताओं की सभा सम्पन्न होते ही शिव जी ने उस यमदूत को बुलाया और पूछा कि वो तोते को किस उद्द्देश्य से घूर रहा था। यमदूत ने महादेव को साष्टाँग प्रणाम किया और उत्तर देने लगा कि महाराज, मैं उसे संशयदृष्टि से देख रहा था। कारण कि आज के दिन, यहाँ से सौ योजन दूर एक पहाड़ी गुफा में कोई साँप उस तोते को निगलने वाला था और वह आज यहाँ था। यहाँ से सौ योजन दूर तक उड़ना उस कमजोर जीव के वश में कहाँ? यमराज से जरूर कोई चूक हो गई है। तब शिव शंकर ने यमदूत को बताया कि उस तोते को अपने प्रताप से उन्होंने उसी पहाड़ी पर भेज दिया है।

इस किस्से में उनके भविष्य की चिड़िया जीवित थी इसलिए धूर्जटि इसे एकसार समझ गए। उन्हें छोड़ने अधीक्षक दरवाजे तक आया और निश्चिन्त रहने की पुलिसोचित सलाह दी।

धूर्जटि, खराब तबीयत लिये, भरी दुपहरी में घर लौट आए तो पत्नी बेहद चिन्तित हुई। दवा लेकर अपने कमरे में लेट गए। उनकी तबीयत की वजह भाँपते हुए राधे जाने की तैयारी करने लगा। बहन के लिए अब भी वह छोटा भाई ही था और उसी अधिकार भाव से उसे रोकती रही पर अब वह रुकने वाला नहीं था। वह निकल गया होता पर धूर्जटि ने उसे अपने पास बिठा लिया।

घड़ी-सवा घड़ी देर की बात है, उनके दरवाजे पर दस्तक हुई। सादी वर्दी में कुछ सिपाही थे। उन्होंने बताया कि वे लोग जन जागरण कार्यक्रम अभियान के तहत नागरिकों से मिलते हैं। उन्हें आसन्न हमलों के प्रति सचेत करते हैं तथा सूचनाएँ लेते हैं। वे घर के भीतर चले आए। संकटों के प्रति आगाह किया।

एक सिपाही बार-बार राधे को देखे जा रहा था। इनके जमादार ने दो सवाल किये। जाते-जाते उस सिपाही ने एक बार फिर राधे की ओर देखा। यह 'देखना' बहन देख रही थी। डर गई।

पुलिस के जाते ही राधे निकलने के लिए तैयार हो गया पर बहन की चिन्ता आड़े आ गई। राधे को अपने जीवन का मोल मालूम था और भावुक बहन की फिक्र उसे रोक नहीं सकती थी। पर बहन थी कि पत्नी के किरदार में आकर पति से बार-बार मनुहार कर रही थी : कुछ कीजिए, पुलिस वाले मेरे भाई को बार-बार देख क्यों रहे थे? इसे शहर से बाहर निकालिए। भाई कह रहा था, दिदिया तू फिकिर जिन कर, हम चलि जईबे। भाई को खीझ भी आ रही थी। पत्नी, पति से उसके पहुँच-पहचान आदि इस्तेमाल करने की बात कर रही थी। पति ने कहा, अब संयोग ही है कि आज ही पुलिस को जन जागरण कार्यक्रम अभियान शुरू करना था, मैं क्या कर सकता हूँ? भाई भी कह रहा था, आप सब नाहक फिक्र उठा रहे हैं।

जब भाई घर से लगभग निकल चुका था तब पति ने अपना अधिकार जताया : मेरी गाड़ी लेकर केदारपुर की तरफ निकल जाओ। जहाँ कहोगे ड्राइवर छोड़ देगा। बहन की जिद से भाई को यह महँगी बात माननी पड़ी।

उसी अँधियारी रात में पति ने पत्नी को पौराणिक किस्से का शुरुआती हिस्सा सुनाया जो उन्हें अधीक्षक ने संयोग की महत्ता पर सुनाया था—जब शंकर पार्वती, देवताओं के सम्मेलन में जा रहे थे। इन्द्र के महल के बाहर ही पार्वती ने देखा कि यमदूत एक सुग्गे को घूरता जा रहा है,

जो अमरूद के फल जुठारने में लगा हुआ है। पार्वती, यमदूत की इस हरकत से परेशान हुईं और महादेव से आग्रह किया कि वे तोते की रक्षा करें। शंकर जी ने असमर्थता जताई और कहा कि यह सब संयोग का लेखा है, इसे मैं कैसे टाल सकता हूँ? पार्वती जिद पर अड़ गईं। कहा, इस तोते को बचाइए। महादेव, रूपसी पत्नी के आगे बेबस थे सो अपने प्रताप से सुग्गे को इन्द्र महल से सौ योजन दूर एक पहाड़ी पर स्थित एक गुफा में भेज दिया वरना उतनी दूर उड़कर जाना एक दिन में तो असम्भव था...

पति ने पत्नी को इस कथा को ऐसे सुनाया, मानो किस्सा यहीं समाप्त हो गया हो। यह किस्सा सुनकर पत्नी किसी किशोरी की तरह उछाह से भर गई और पति के हृदय से लिपट गई।

तय तो यही हुआ था

अन्धापन धीरे-धीरे आता है—इसका पता मुझे अचानक चला। शुरुआती पड़ताल के बाद डॉक्टर ने पानी की तरह हल्की अंग्रेजी में पूछा : आपके साथ कोई आया है? उसका चैम्बर नीम रोशनी में था। कहा : कोई नहीं। बीमारी आपको मुझे ही बतानी पड़ेगी। बीमारी का नाम तो जेहन में नहीं टिका लेकिन उसने बताया कि देखने की अपनी क्षमता का सत्तर से अस्सी प्रतिशत खो चुका हूँ।

तकरीबन डेढ़-दो साल से आँखों की रोशनी सिकुड़ रही थी और ये मैं जानता था। पर यह जानकारी रोग के शक्ल में नहीं थी। हर तरह की मुश्किलों को अपनी ही कोई कमजोरी मानने की आदत ने इस मुश्किल को रोग लगने ही नहीं दिया और इस कमजोरी के अनुरूप खुद को ढालना शुरू कर दिया था।

मुझे लगा था, जैसे जीवन से लोग जाते हैं, जीवन से जीवन जाता है उसी तरह आँखों से रोशनी जाने लगती है। टालता रहा। कभी यह खयाल ही नहीं आया कि लापरवाही से जीवन से रोशनी भी जा सकती है।

विज्ञान में गले तक डूबी हुई इस दुनिया में भरोसा था कि किसी भले दिन आँखों के डॉक्टर के पास जाऊँगा, वह अपने अस्पताल की तरह खूबसूरत हिदायतें देगा, आँखों में दो बूँद दवा रखकर चलता करेगा।

डॉक्टर ने बताया, दुनिया-भर के वैज्ञानिक इस रोग के इलाज की खोज में लगे हुए हैं। मुझे ताज्जुब हुआ। साल-डेढ़ साल पहले जब सब कुछ धुँधला दिखना शुरू हुआ उस वक्त भी अगर आगाह हो जाता तो यह नौबत शायद न आती—यह डॉक्टर से सुनना चाहता था। वह स्थिति समझ रहा होगा इसलिए कमरा छोड़ने के लिए नहीं कहा।

ज़रा देर रुककर डॉक्टर के साथ दो कर्मचारी आए। एक ने सारे कागज समेटे और यों थमाया जैसे उपहार दे रहा हो। दूसरे ने छड़ी थमाई। स्टील की यह छड़ी छूते ही मैं मायूस पड़ गया। दो-एक पल बीते होंगे, खुद को तमाशे से अलग किया और भरोसे वाली आवाज में कहा, अभी इसकी कोई जरूरत नहीं। जबकि सचाई जो थी डॉक्टर ने पहले ही बता दिया था, जाँच के अगले कई घंटों तक देखने में परेशानी होगी।

ऐसा दो-एक साल पहले से हो रहा था कि निगाह अब बाहरी रोशनी के सहारे ही टिक पाती थी। शाम ढलते-न-ढलते दिखना बन्द हो जाता। मैं अनुमान से पैर बढ़ाता, रास्ते मुड़ता। कुछ दिखता भी तो बस पुतलियों के सीध में ही दिखता था। बारीक। इनसान दशमलव और सड़कें टूटे तारे के पीछे बच गई लकीर की तरह दिखती थीं। मोड़ हर दम जिन्दगी में अचानक आते रहे थे पर अब शाम या रात के समय मोड़ भय पैदा करते हुए आने लगे थे।

यहाँ रुककर अपनी निगाहों की दिशा बदलनी होती थी। अगर दाईं या बाईं ओर से बहती हवा महसूस हो तो जान लेता था कि यहाँ मोड़ है। ठहरकर मैं अपनी स्मृति के भरोसे यह तय करता कि यहाँ मुड़ना है या नहीं। इसे रियाज से साध पाया था। हाँ, यह जरूर था कि रास्ते में आई अन्यान्य मुश्किलों पर मेरे हाथ स्वत: उठ जाते जैसे उन्हें थामकर कोई मुझे रास्ता पार करा देगा या कम-से-कम उन्हें अपने हाथों में लेकर तसल्ली देगा।

मैंने एहतियात बरतना शुरू कर दिया था। रातों में निकलने से बचता था। चलते हुए रोशनी की छाँव में ही चलता था। दृष्टि का दायरा संकुचित होता जा रहा था। प्रकाश की अनुपस्थिति में आँखें अभ्यस्त से अनभ्यस्त होती जा रही थीं। अनुमान सही नहीं पड़ते थे। यह तो बाज मर्तबा हुआ होगा कि पैर ऊपर-नीचे पड़ गए और मोच की हद तक चोट पहुँची। एड़ी, चनककर, घायल हो जाती थी।

अस्पताल से लौटते हुए अन्धे हो जाने के भय की स्मृति से भी सिहरन होती है। 'गाड़ी नहीं चलाना' डॉक्टर की सख्त हिदायतों में से एक थी। हर एक दृश्य को आख़िरी बार देखे जा रहे दृश्य में बदलता महसूस किया। कार की चाभी, रिसेप्शन पर बैठी स्त्री, दरवाजे, सब जैसे आख़िरी बार दिख रहे थे। यहाँ तक कि अँधेरा भी आख़िरी बार ही दिख रहा था।

अगले कुछ दिनों में अपने सारे कागजात दुरुस्त किया। बैंक, बीमा और ट्रेडिंग खातों में पत्नी का नाम जुड़वाने में ही चारेक दिन निकल गए। इन कागजात को जब उसे कूरियर कर रहा था तो एक खयाल आया, क्यों न पत्र के किसी किनारे में,

पुनश्च के भागते अन्दाज में, बेटी का हाल पूछ लूँ। लिखना शुरू किया लेकिन रोक लिया। बेटी का नाम लिख चुका था। काट-कूट करना नामुनासिब लगता। बेवजह के अनुमानों को जन्म देता। इसलिए नाम मिटाने के लिए व्हाइटनर का इस्तेमाल किया।

पुराने कागजों की पड़ताल में उसके कुछ पत्र और कार्ड्स मिले थे। मैं उन्हें भी वापस पठाना चाहता था लेकिन नहीं भेजा। यह एक चूक साबित हो सकती थी। पत्नी को लगता, बहाने से मैंने उसे कुछ याद दिलाना चाहा है। उन पत्रों को बाकी कई पत्रों के साथ नष्ट कर दिया। जैसे फूलों की बारिश होती है ठीक उसी अन्दाज में उस दिन माज़ी मेहरबान हुआ था।

वे कुछ, पता नहीं कैसे बचे रह गए, पत्र थे। अधिकतर से जुड़ी याद्दाश्त तक मिट चुकी थी। कइयों को उलट-पलटकर देखा। उनमें बसी तहरीर भी पहचान से बाहर हो रही थी। लिपि से कोई चेहरा रच पाने में मैं असफल था। उन पत्रों को पढ़ते हुए लग रहा था, कोई अपराध कर रहा हूँ। किसी दूसरे का तीसरे को लिखा पत्र चोरी-छिपे पढ़ रहा हूँ।

इसी जखीरे में एक बन्द लिफाफा मिला था। पत्र पढ़ते हुए मैं इसी हैरत में था कि क्या मैं इस दर्जे का आदमी रहा हूँ जो अपने लिए आए लिफाफे भी नहीं खोला करता था। मौसम का पत्र था। दर्ज घटनाएँ बेतरतीब तथा गैर पर घटी हुई लग रही थीं। पिछले कुछ वर्षों से मौसम मेरे जेहन पर लगातार छाई रहने लगी थी लेकिन यह पत्र मुझे याद नहीं आ रहा था।

यह भी जान पाना मुश्किल था कि इसे लिखा कब और क्यों गया था। आश्चर्य कि जिस वाकये की सर्वाधिक चमकीली स्मृति मेरे तईं थी, जिसका भय मुझे किसी अपराध की तरह सताता था जिसमें हम पुलिस के हत्थे चढ़ा दिये गए थे, उसका जिक्र इशारों में भी नहीं था। लेकिन जो था, वह मुझे उस आईने की मानिन्द दिख रहा था जिसमें मैं खुद को एक लौ की तरह देख पा रहा था।

उन्हीं दिनों यह भी तय किया कि जितनी सम्भव है दुनिया, उतनी देख लूँ। लोगों से मिल भी लूँ। मिलने के नाम पर मुझे मौसम ही याद आई थी। अनेक अन्तहीन वर्षों के बाद याद आई थी। यह आश्चर्य था क्योंकि जिन दिनों वह मेरे जीवन से जुड़ी थी उस समय भी कभी उपस्थित नहीं रही। यह भी जीवन का कोई हुनर है कि जिन-जिन से प्रेम में पड़कर मशहूर हुआ वे याद भी कम आते हैं। न के बराबर।

पनवाड़ी की गुमटी में दाहिनी तरफ सुलग रही सुतली बँधी थी। सिगरेट लेते हुए तो नहीं अलबत्ता सुलगाते हुए मन हुआ कि काश, दुकान मालिक मुझे पहचान जाए। अपने इस बेबाक खयाल पर हँसी आई। मैं ही कौन सा उसे पहचान रहा था। आई टी ओ मेट्रो के इस दुकान को लेकर स्मृति इस कदर धुँधली हो चुकी थी कि जो कोई भी दुकान के भीतर होता, पहचाना-पहचाना-सा ही लगता।

दुकान के भीतर एफ.एम. पर बज रहा था : एक रात होकर निडर/ मुझे जीने दो। आवाज तो हेमन्त कुमार की ही थी लेकिन खुद को

आवाज पहचानने की कोशिश करता हुआ पाया। लगा कि इस गाने के मार्फत अधूरे अपने अतीत का कोई एक हिस्सा दुबारा महसूस करना चाहता हूँ। तीन-चार कश के बाद भी जब सिर्फ हेमन्त कुमार का नाम ही मन में घूमता रहा तब याद करने की कोशिश छोड़ दी और गाना सुनने लगा।

दुकानदार के बालों में सफेदी कम थी। अपनी ही उम्र का लगा। बूढ़े होते जाने को धकेलता हुआ। आखिरी कश का लम्बा दम भरा और उससे पूछा, आसपास टॉर्च वगैरह की कोई दुकान है क्या? पूछ कर सिर ऊपर कर लिया। कभी-कभी धुएँ के अपने बनाए छल्ले बेहद खूबसूरत लगते हैं। दुकान से बाहर झाँकते हुए उसने चौराहे से आगे तीन-चार दुकानों की तरफ इशारा किया। उसका जवाब छल्लों में घुल रहा था। विदा के अन्दाज में अपने हाथ को जरा ऊँचा कर उसे धन्यवाद दिया।

सवा बजने में अभी वक्त था। घुटनों का खयाल आया लेकिन स्मृतियों का हमला इस कदर जँच रहा था कि रुके हुए ऑटो को जाने दिया और कनॉट प्लेस तक पैदल चल पड़ा। दोपहर थी लेकिन बादल थे। कहीं कुछ बदला हो, ऐसा लग नहीं रहा था। चारदीवारियों पर चिपकी हुई तसवीरें, फेंके पवारे हुए सामान, गाड़ियाँ, यहाँ तक कि एक-एक ईंट अपनी ही बीती हुई उम्र लग रही थी।

पैदल चलते हुए खयाल आया कि उस गाने के बहाने मैं हाईस्कूल के दौरान भूगोल के अपने शिक्षक को याद कर रहा था। उनका एक पैर छोटा था और वे स्कूल में हर महीने की आखिरी

सभा में हेमन्त कुमार के गाने गाते थे। लग रहा था कि बचपन की इस घटना को गुजरे एक पल भी नहीं हुआ और उनके सामने बैठा हूँ। उनके सामने बैठा हूँ और वे गा रहे हैं। वे गा रहे हैं और प्रियंवदा आकर मेरे बाजू में बैठ गई है।

आसमानी रंग के स्कर्ट को दोनों हाथों से दबाते हुए वो घुटनों को सलीके से मोड़कर बैठ रही है, पिछले पैंतीस-छत्तीस वर्षों से उसे बैठते हुए ही देख पाता हूँ। आज, इस भागती सड़क पर भी वह हू-ब-हू वैसे ही दिख रही है।

भला हो आँखों की जाती हुई रोशनी का जिसने मुझे खामखयाली से भर दिया। मैंने रुककर तसल्ली कर ली कि कहीं वह सचमुच तो साथ नहीं चल रही। यह वहम था और उस शानदार बचपन में प्रियंवदा के साथ चलने का मौका तो कभी आया ही नहीं शायद। तो फिर खयाल किसका आ रहा है? जिन-जिन के जीवन में मैंने अपने लिए प्रेम तलाशा वे मुझे याद नहीं आते। याद आती भी है तो एक के चेहरे पर दूसरे के लिए मेरी निस्सीम इच्छाओं का हुजूम बिछलता हुआ आता है।

नौवीं कक्षा के दौरान मिली विशी के खयाल से भी मन उमग जाता है। उसके साथ तो स्मृतियाँ भी न्यूनतम हैं, सिवाय इसके कि मैं उसके इर्दगिर्द बहाने से चक्कर लगाता रहता था। उसे अपनी साइकिल पर बिठाने का एक मौका मिला था पर पूरे रास्ते उससे कुछ बोल नहीं पाया। विशी की स्मृति किसी दुख या अपराधबोध से लदकर नहीं आती। अब तो वे सारी घटनाएँ किसी दूसरे के जीवन से सटी हुई लगती हैं। आग, प्रेम, पहिया और अक्षरों के बाद यह

पृथ्वी जिस आविष्कार का अनुभव चाहती है वह अपने प्रियजनों को अपनी ही स्मृति में बड़ा होते हुए देखना है।

इतना जरूर याद है कि बाद के जीवन में मौसम का सुन्दर नाम पुकारने में जब अटपटा लगने लगा तब उसे मैंने मिसी का पुकार नाम दे दिया था। उसे अच्छा लगा था। यह मुझे याद है, उसे अच्छा लगा था। इसलिए याद है क्योंकि लो-फ्लोर बसें उन दिनों दिल्ली में नई-नई आई थीं और उनमें चलते हुए उसे मिसी पुकारा था। उसने मेरे कन्धे से अपना कन्धा सटा लिया था।

वह खुश होना चाहती थी। खुश होकर मुझसे लिपट जाया करती थी—पहले-पहल तो प्रेम में गुम होकर, फिर मुझे खो देने के भय के कारण, यह अब सोच पाता हूँ। उन दिनों निरी नौटंकी लगती थी। याद है, उसकी इस हरकत के लिए झिलमिल या द्वारिका मेट्रो स्टेशन पर ज़रा जोर से डाँटा था। जगह ठीक-ठीक याद नहीं। तब से जब खुश होती थी या मुझसे जुदा हो रही होती थी तो अपना कन्धा मेरे कन्धे से छू-भर लेती थी। मुझे याद है, गुस्सा मुझे इस हरकत पर भी आता था। बाद के दिनों में तो खैर उसके खयाल भर से रोष किया करता था।

जिन दुकानों को पनवाड़ी ने दिखाया था, वहाँ टॉर्च उपलब्ध नहीं थे। सोचा, मौसम को एस.एम.एस. डाल दूँ, आते हुए टॉर्च लेती आना। लेकिन बीते कल जो सन्देश मैंने उसे भेजा था, उसका कोई जवाब नहीं आया था। रात में तीन-चार दफा मोबाइल स्क्रीन देखा। सोने जाने से पहले स्क्रीन देखते हुए खयाल आया कि यह सन्देश भेजना ही नहीं चाहिए था : "कल की मुलाकात के लिए बेचैनी आज ही हो रही है।"

यह खासी खराब बात थी लेकिन इसका एहसास लिख भेजने के बाद हुआ। मुलाकातों के सिलसिले में खुद की उद्विग्नता, अनिश्चितता आदि को सामने वाले पर जाहिर करना बाज मर्तबा उस पर बढ़त लेने की कवायद होती है। किन्तु कभी-कभी यह भी हो जाता है कि सामने वाले की अनिच्छा, अगर है तो, बढ़ जाती है। मुलाकात की अनिच्छा।

बीते दिनों में कुछेक दफा यह खयाल आया कि क्या ये मुलाक़ात मैं सच में चाहता हूँ? या नहीं? मौसम को देखना चाहता हूँ भी या नहीं? और क्यों? ये तो मैं सच में नहीं समझ पाया कि क्यों? इतने प्रेम मैंने किये लेकिन मौसम की स्मृति मुझे हैरत में डाल देती है। उससे तो प्रेम, शायद, किया भी नहीं था। लेकिन मुझे टॉर्च चाहिए था। अँधेरे का एक टुकड़ा भी बिना कृत्रिम रोशनी के सहारे पार नहीं कर पाता। फिर भी मैंने सन्देश नहीं भेजने का निर्णय लिया।

फोन बजा। मिसी थी : कहाँ तक? मैं : "परिक्रमा" पहुँचने में अभी बीस मिनट लगेंगे। मिसी : पैदल हो क्या? फिर वह ठहरी, उसे लगा हो शायद उसके जवाब में मैं आईटीओ से सी.पी. तक पैदल आने का जिक्र करूँगा, जो हम दोनों अपने खुशरंग दिनों में किया करते थे। उसने पिछले वाक्य पर अगला वाक्य लादते हुए कहा : आओ।

तय समय से पहले पहुँचना नहीं भाया या इन्तजार करना, स्पष्ट नहीं था। पसीने में और थकान में झुँझलाहट की एक परत मुझ पर खुल रही थी कि मिसी या किसी से मिलना भी क्यों चाहता था? पिछले दो-चार दिनों से यह खयाल चढ़ बैठता था कि अन्धेपन का

स्वागत मैंने किसी भगोड़े की तरह किया है। दुनिया देख लेना, लोगों से मिल लेना, गाँव-घर देख लेना...यह सब तय करना जिस किसी अनबूझे भय से उपजा था, वह भय अब क्षीण हो रहा था।

अन्तरिक्ष भवन के बाहर वाली सीढ़ियों पर बैठा था। अक्टूबर का यह दिन इतना सुन्दर था कि जैसे मुलाक़ात के लिए आग्रहपूर्वक रचा गया हो। आते-जाते हुए जोड़े अपनी ही किसी स्मृति की परछाईं लग रहे थे। यहाँ से बाएँ मुड़ते ही कैफे कॉफी डे है, वहाँ जाकर अपनी ये परछाइयाँ कुर्सियों पर धँस जाएँगी। कुछ छायाएँ उठकर अलग राह पकड़ लेंगी। अब तो यह भी नहीं मालूम सी.सी.डी. वहाँ है भी या नहीं। या यह कि क्या अब भी वहाँ आईरिश कॉफी मिलती है?

ठीक सामने एक गाड़ी रुकी। उसके रुकने और दरवाजा खुलने के बीच जो वक्फा था, उस बीच खिड़की से एक स्त्री मुस्कुराती हुई दिखी। कसम से, एकबारगी लगा मौसम है। मैं अचकचा गया। यह जरूर था कि मिलना तय हुआ था लेकिन मिलने के पहले कदम पर, यानी एक-दूसरे को पहली मर्तबा देखते हुए, इतने वर्षों में पहली मर्तबा देखते हुए, अपने बीच के सारे रिश्ते मिटा चुकने के बाद मिलते-देखते हुए, अतीत के बेताल को मन-मस्तिष्क पर लादे मिलते हुए, उसका अभिवादन कैसे करना होगा, निगाह ही कैसे मिलानी होगी, इस बाबत सोचा भी नहीं था।

मौसम ही थी।

मेरे सामने खड़ी थी। मैं गले न लगाता तो क्या करता। लेकिन नहीं, गले नहीं लगाया। बैठा रहा। मुस्कुराया। पहले वह भी मुस्कुराई फिर किंचित चकित दिखी। उसने पूछा, चलें? मैंने उठते हुए एहतियातन उसकी तरफ हाथ नहीं बढ़ाया।

"चलें!" इस एक शब्द ने पूरा अतीत किनारे लगा दिया। उसके साथ कदम-दर-कदम चलना, जो कभी उसी का स्वप्न था, आज अच्छा लग रहा था। हमारे बीच की दूरी उतनी ही थी जितनी चुप्पियाँ ताने हुए लोगों के बीच होती हैं। हर कदम दो भिन्न समयों में पड़ रहे थे। एक अतीत में और दूसरा अतीत-मोह वाले इस समय में, जहाँ मैं न मालूम क्यों खुद को गुनहगार मानते हुए चल रहा था।

लिफ्ट में एक ज़रा मुश्किल आई। हम दोनों निपट अकेले थे। पच्चीसवीं मंजिल तक का अन्तहीन सफर इतने सुनसान में बिताना गजब ही लग रहा था। उसने सुनसान को परे धकेलने के लिए पूछा : "और?" हम दोनों ही हँसें। चारों तरफ मौजूद आदमकद आईनों में वह उतर चुकी थी, जैसे रोशनी दीवारों पर उतरती है। अखरोट के रंग की सोनाझुरी कान्था साड़ी थी जिस पर राम-सीता-लक्ष्मण के वनवास की चित्र कथा थी। मारीच वध का चित्र दिख रहा था लेकिन आगे की कथा चुन्नट में उलझ गई होगी। धूसर रंग वाले ब्लाउज के कॉलर पर उसके बाल झूल रहे थे। उसने फिर तनिक जोर देकर कहा, "और बताओ?" मैं कहता, "क्या?" लेकिन तब तक लिफ्ट रुक चुकी थी।

जब बैठ गए और मीनू कार्ड हाथ में ले लिया तब हमें 'परिक्रमा' की परिक्रमा महसूस हुई। धीरे-धीरे। जहाँ हम बैठे उस जगह से अभी सी.पी. का अन्दरुनी हिस्सा दिख रहा था। सी.पी. को मौसम अपना दूसरा घर कहा करती थी, यह बात मुझे अचानक याद आई और इस कदर अचानक याद आई कि उससे पूछ लिया, अब भी सी.पी. को दूसरा ही घर कहती हो? उसने मीनू से निगाह हटाई।

मेरी तरफ यों देखा जैसे रास्ता पूछते किसी अजनबी को देखते हैं। 'ठहरकर सोचते हुए और फिर कुछ याद आते हुए' देखना। कहा, अब इधर कम आना-जाना होता है, वैसे बीच में कुछेक साल तक दफ्तर इसी इलाके में रहा।

"दफ्तर?"

"हाँ जी। फोर्टिस में ब्रांड लीड करती हूँ।"

"वाह!"

"शुक्रिया"

इस शुक्रिया के लिए मैंने न जाने कितनी बार शुक्रिया अदा किया। मन-ही-मन किया। तो क्या आपके कलाम आपका साथ नहीं छोड़ते? इस शब्द के बोलने से ही कितने बाँध टूट रहे थे। वह जो हमारे बीच का असीम अबोला था, भरभरा रहा था।

मीनू बन्द करते हुए मौसम ने बैरे से कहा, खस का शरबत। फिर मेरी तरफ देखते हुए पूछा, खस का शरबत?

पूछना चाहता था कि इतने वर्षों तक याद क्यों नहीं किया? लेकिन पूछ नहीं सकता था। इसलिए पूछा, रिहाईश कहाँ है?

वह प्रश्न समझ नहीं पाई। अच्छा ही हुआ। कहा, तुम तो घर आया-जाया करते थे? पापा नहीं रहे। तीनों भाई स्टेट्स में बस गए हैं।

वह सही कह रही थी।

अपने घर ले जाया करती थी। जाना मुझे पसन्द नहीं था लेकिन जाना पड़ता था। ये लोग रेवाड़ी के राव थे। उन कुछ भाग्यशाली लोगों में से एक जिन्होंने जबरिया बिकी जमीन के पैसे का सदुपयोग किया था। इस परिवार को देखकर लगता था कि पैसे से जो विनम्रता जाती है,

वह पूरी तरह गई नहीं थी। पैसे को बचाने के लिए जो न्यूनतम आवश्यक क्रूर निस्संगता चाहिए थी वो इस परिवार में अभी आनी थी।

पहली घूँट की एक छोटी बूँद उसके होंठों पर थिर गई थी और फैलना चाहती थी। मौसम ने ऐसा होने नहीं दिया। हम दोनों ही औपचारिकता का यह अवांछित दरवाजा खोल नहीं पा रहे थे। अतीत का भारी-भरकम पैर हमारी जुबान पर पड़ रहा था। जो विडम्बना खुद मुझे ही घेरे थी, मैं उसकी कल्पना भी नहीं कर पा रहा था : जिनमें कभी प्रेम रहा हो कभी वे बतौर अज़नबी मुखातिब होंगे। मैं बारम्बार खुद को यह समझाइश देता था कि किसी स्मृतिबोध को बगलगीर रखकर मिलने से मुलाकात भारी पड़ जाएगी। यों भी अपराधबोधों में आकंठ डूबा रहा हूँ और मेरे जीवन का कोई लेखाचित्र बनाए तो ये बोध अखंड लेखाचित्र की तरह दिखेंगे। लेकिन मौसम भी तो चुप थी, वही कुछ कहती।

वजन उस पर फब रहा था। चेहरे को एक जरा बदलाव भी वजन ने दिया था। मैं ठीक-ठीक याद नहीं कर पा रहा था कि अपनी शुरुआती निर्भार मुलाकातों में मौसम दिखती कैसी थी? उसका आकर्षण याद है, उसकी नफासत याद है; आधा आकर्षण तो उसके हिज्जों में ही था। किसी भी शब्द को उच्चारित करते हुए अपने समूचे व्यक्तित्व में वह दिल्ली की बेहतरीन अदाओं की नुमाइन्दा लगती थी। उम्र दिख रही थी मगर परछाईं की तरह दिख रही थी। कभी, किसी ख़ास पल में जब वह कुछ बोलने पर आ रही थी तो भंगिमाओं से पता पड़ जा रहा था कि हम हमउम्र हैं।

रेस्तराँ घूमते हुए उस दिशा में आ पहुँचा था जहाँ से दिल्ली जंगल में फँसीं किसी आवाज की तरह दिख रही थी। मेरे देखने को मौसम देख रही थी। कहा : कैंटोनमेंट। अतीत उस सरसराहट की तरह सुनाई दे रहा था जो झाड़ियों में गुम हो गई गेंद को खोजते हुए सुनाई देती है। झिझक मेरी स्मृतियों को कल्पना बनाए दे रही थी। आरोपित कल्पना। अकसर हम बस से कैंट की तरफ जाते थे। हमारी समूची तलाश एकान्त की रहा करती थी।

भारी-भरकम मौन को मौसम ने ही झिड़का, "तुम तो गायब ही हो गए? कैसा रहा जीवन? बताओ कुछ?" लगे हाथ यह भी पूछ लिया, "मिलने का यह कार्यक्रम कैसे बना लिया।" खुद ही कहने लगी, "सच बताऊँ तो मिलने का मन नहीं था। तुमसे बात हुई तो ये नहीं जान पाई थी कि तुम मिलने चले ही आओगे, इसलिए हामी भर दी थी। लेकिन उसके बाद मन बार-बार जवाब दे जा रहा था।"

मौसम के एकालाप ने जी डरा दिया।

"बता दिया होता।"

"क्या?"

"यही कि नहीं मिलना।"

"अच्छा।" अच्छा के अक्षर 'छ' पर उसने जोर दिया था। उसके भीने अन्दाज से लगा कि मैंने नाराज़गी जताते हुए यह कहा है। यह मेरा पहले का अन्दाज रहा होगा। मैंने उससे सच ही कहा था कि बता दिया होता तब मिलना मुल्तवी कर सकते थे। तो क्या मौसम अब भी मुझमें उसी देवेन्द्र शर्मा के अन्दाज ढूँढ़ रही है।

मैं खुद भी कहाँ जानता था। लेकिन नहीं जानना तब एक बात है पर क्या ऐसा भी हो सकता था कि हम जीवन में कभी दुबारा मिलते ही नहीं? यह खयाल तब भी नहीं आया था जब मैं मौसम से अलग हो रहा था। यह तारीखी सच है किन्तु आपराधिक सच भी है, आपराधिक कहते हुए अनजाना कोई भय मेरे भीतर उतर रहा है क्योंकि वे सारे पल जो मौसम के साथ गुजारे होंगे सब अनायास ही मेज पर खुल रहे थे, जिसे मैं ही मैं जानता हूँ क्योंकि मौसम मेरी एक पुकार पर हाजिर रहती थी। एक सन्देश, एक मेल, एक फोन : थोड़ी उदासी, थोड़ा गुस्सा, थोड़ा (मेरा) स्वार्थ और मौसम हाजिर। इसलिए जब इसने आखिरी बार मिलने से मना किया तो मुझे गुस्सा कम आया, आश्चर्य अधिक हुआ था। और फिर ताउम्र, जब तक मौसम स्मृति की लकीर जैसी धुँधली होकर मिट नहीं गई तब तक, मुझे यही लगता रहा कि मैं कभी भी मौसम के पास जा सकता हूँ।

हम दोनों मिलने की आदर्श स्थिति में मिले थे। कोई पूर्व परिचय नहीं, कोई साझी मित्रता नहीं। उन दिनों की शाम दिल्ली मेट्रो में गुजरती थी। मैं जो जाहिर प्रेम कर रहा था, जाहिर इसलिए कि जिस सम्बन्ध को दोस्त मित्र जानते थे, घर वाले जानते थे, उसके दोस्त मित्र जानते थे और कितना कम उसको मैं जानता था कि अब उसका नाम भी याद नहीं आ रहा, तो जिस घोषित प्रेम में था उससे सम्बन्ध टूटने के दिन चल रहे थे।

उस स्त्री ने अलग होने का मन बना लिया था। इस एक निर्णय के बाद हमारी स्थिति उन समुद्री लहरों की हो गई थी जो किनारे

तक आती ही दम तोड़ने के लिए हैं। हम मिलते। तपाक से मिलते, जैसे हम दोनों एक-दूसरे के कितने बड़े पूरक हों और अच्छा-खासा समय बिताने के बाद, बात मोड़ते-तोड़ते मैं उस जगह ले आता, जहाँ से अगला प्रश्न होता या सुझाव होता कि प्लीज, मेरे साथ रहो।

वह रोज ही नये सिरे से इनकार करती थी। वजहें वही थीं जो बाद में मैंने मौसम को दीं लेकिन उसके पास सीधे सपाट एक 'ना' भी हुआ करता था। बाज दफा रोने लगती थी जब उससे अपनी नजदीकियाँ याद दिलाता। ऐसे किसी रोने वाले दिन हम दिन रहते ही विदा हुए। मेट्रो लेकर अपने मित्र के घर लौट रहा था। उसी मेट्रो में वह दिखी थी : मौसम।

अधिकतर प्रेम-सम्बन्धों में परिचय, रिश्तों और उम्मीदों का बोझ शुरू से ही इतना अधिक रहा करता था कि वे सारे सम्बन्ध प्रेम के बजाय कुछ और ही बनते गए। जीवन की धूप ज्यों-ज्यों आप पर बढ़ती जाती है आपका अकेलापन पारदर्शी होता जाता है। इतना कि खुद आप ही अपने-आपको दिखने लगते हैं। मौसम हर लिहाज से प्रेम बनकर आई थी। परिचय के बाद ही, बिना कहे, बिना जाने, हम प्रेमवत थे।

अब इस खयाल से भी तबीयत बचना चाहती है लेकिन उस समय अपनी हैसियत मुझे ठीक लगने लगी थी। मैं सुख और दुख दोनों को एक साथ जी रहा था। उन दिनों आगरा में नौकरी कर रहा था और हफ्ते में दो तीन-दिन के लिए दिल्ली पहुँच जाया करता था। दिन में मौसम का पहलू, संग-साथ घूमना-घूमने में भी प्रेम, मेट्रो की आवारागर्दी में दिल्ली की सैर और वहाँ भी प्रेम,

मेट्रो में हम अच्छा-खासा समय गुजार देते थे। मेट्रो स्टेशंस की खुली चौड़ी सीढ़ियों पर बैठना और मानव समुद्र को निहारना। एस्कलेटर्स इतने लम्बे और ऊँचे होते थे कि उन पर चलना धीरे-धीरे दुनिया खुलने का न्योता होता था। कश्मीरी गेट हमें अतिप्रिय था। वहाँ का खालीपन पसन्द आता था। मेट्रो में हम बैठते कम थे, अमूमन पोल के सहारे खड़े होते थे या फिर दरवाजों के किनारे, जब लोग उतरते तो हमें उनके धक्के से बचते हुए एक-दूसरे की निगाह में झाँकना एक खेल था।

दिल्ली मेरी उसकी ही निगाह से देखी हुई थी, पैदल-पैदल चलते जाना और उस चलने में भी प्रेम, सिनेमा और सिनेमा में भी प्रेम—हमारे पास जगहें इतनी कम थीं और पैसे तो थे नहीं कि हम जगह खोजें इसलिए एक ही फिल्म लगातार तीन-तीन दिन देखने जाते, दोस्तों का कमरा और वहाँ भी प्रेम। दिन में मौसम का साथ और शाम उस पहली स्त्री के दायरे में गुजरती थी, जिससे जीवन-भर के संग-साथ के मनुहार करता था। उसके इस वाक्य के लिए परेशान, मरा-मरा फिरता था कि वह कह दे, मुझसे प्रेम करती है।

मौसम से तूफानी मुलाकातों के पहले दिल्ली के लगातार प्रवास में ठहरने के लिए अमूमन उन दोस्तों के पास जाया करता था जिनके करीब मैं रहना चाहता था, जो किसी-न-किसी क्षेत्र में आदर्श दिखते थे, ये वही लोग थे जो दुनिया-जगत में मेरे जाहिर प्रेम के बारे में जानते थे हाँ, उसका टूटना नहीं जानते थे।

जब से मौसम का साथ मिला था मैं उन अन्य दोस्तों के यहाँ जाने लगा जो मुझे कम जानते थे। उन्हें मुझे देखकर खुशी होती थी।

ऐसे दोस्त कम थे जो मेरे घोषित प्रेम को न जानते हों। लेकिन इन्हीं दोस्तों के यहाँ मैं मौसम के साथ आ सकता था। शुरुआत में झेंप हावी रहती थी। किसी भी शहर में, जहाँ आपके पास अपना घर न हो, रूहानी प्रेम ही प्रेम का दर्जा पाता है। हमारी स्थिति अलग थी। 'रूह' की लोकप्रिय बदमाशियों तक तो अपने रिश्ते में हम तब आए जब मुझे इस रिश्ते से अलग होने की तलब लगी। या अब तक भी नहीं आए थे।

"तुम्हें रौनक याद है।" सवाल मौसम से था लेकिन मैं खुद चकित हो गया। मुझे ही वो पन्द्रह-सत्रह वर्षों बाद याद आ रहा था। एकदम अचानक, जैसे दाँतों का दर्द कभी नहीं जाने के लिए आता है। लगा, मौसम को रौनक का खयाल नहीं दिलाना चाहिए था।

"याद रखने जैसा उसमें कुछ नहीं था और भूल भी चुकी थी लेकिन पाँचेक वर्ष पहले अस्पताल में मिल गया। उसके बेटे का इलाज चल रहा था। मेरे पास आया था"

"तुमने मदद की?"

"मदद की बात नहीं थी। उसे आश्वासन चाहिए था। उसे लगा होगा कि मेरे जरिए उसका यकीन इस इलाज पर पक्का हो जाएगा। हस्पताल में कोई परिचित मिल जाए तो मुझे भी ऐसा ही लगा करेगा। अलबत्ता उसे कॉर्पोरेट डिस्काउंट जरूर दिलवा दिया। अब भी कभी-कभी फोन करता है। किसी कम्पनी में लगा हुआ है।"

इस बीच वो अपना फोन देखने लगी थी। लगा, रौनक का नम्बर मुझे बताएगी। मैंने भी अपना फोन देखा। देखते हुए याद आया कि फोन तो बन्द पड़ा है। उसी ने पूछा : "खाना ऑर्डर करें?"

मौसम वाले दिनों में रौनक भले मित्र की तरह याद आया था और जब हमारे बीच का पानी थिर गया तो भी कुछ दिनों तक वही एक टूटा हुआ पुल रहा। छूटे हुए रोजगार के सिलसिले में वह दिल्ली रहता था। अपने प्रेम का पहला ठीहा हमने उसके ही कमरे को बनाया था। शुरू-शुरू में यों होता कि हमारे आने से वह बहुत खुश हो जाया करता था। उसे लगता था कि हम दोनों उससे मिलने आए हैं।

वह बड़ी तैयारियाँ करता था। बढ़िया भोजन, घर की बेहतरीन सफाई। खूब बातें करता था। घूमने ले जाता। ऐतराज करने पर उसे लगता कि हमलोग उसके बेतहाशा खर्चे और परिश्रम से परेशान हो रहे हैं। इधर मेरी स्थिति दूसरी थी। मुझे मौसम और उसके शरीर से अतिरिक्त कुछ सूझता ही नहीं था। धीरे-धीरे उसने हमारी अधीरता समझ ली। हाय-हेलो के बाद घर से निकल जाता था। हम तभी ही एक-दूसरे से खुद को बिलगाते जब रौनक थक-हारकर बाहर से लौटता।

लेकिन बाद के दिनों में ऐसा नहीं रहा। वह घर पर ही रहता। हम आते। हाय, हेलो का बिजली के कौंध जितना लम्बा दौर और फिर हम एक कमरे में बन्द हो जाते। कुछ लम्बे वक्फे के बाद हम खुद बाहर आते। सच कहूँ तो जो प्रेम की खुशी थी उसमें जगह की यह कमी खलती थी। रौनक के मन में या ऐसे अन्य दोस्तों के मन में जो अपनी छवि थी वह क्रमवार टूट रही थी।

लेकिन आज इस दोपहर में, मन में अन्धड़ की तरह घूमते इस रेस्तरां में, सामने बैठी मौसम के मन में, जिससे मिलने के लिए

मुझे दूसरा जीवन चाहिए होगा, जहाँ पसरी खामोशी ने मेरा जीना मुहाल कर दिया था, ऐसे में रौनक की याद नहीं आनी चाहिए थी?

ऐसी ही कोई बीती दोपहर है, रौनक का घर है, सिगरेट है, अपने बुतों के छिलके हैं, बेख्याली है और मौसम का एक सवाल है जो इतने वर्षों से लगातार चक्कर लगा रहा है। वो मुझमें सिमट आई है जबकि यह उसकी अदा नहीं है। सिमटते हुए कह रही है: शादी कर लो मुझसे।

इतना बड़ा जीवन हम किन्हीं लम्हों द्वारा तय झंझावातों की गुलामी में गुजार देते हैं। उस एक पल तक, अगर मेरी चालबाज स्मृति साथ दे रही है तो, हम दोनों बराबरी पर थे। दुनिया के लिए, मेरे लिए घोषित प्रेम कोई दूसरा था, भले ही वहाँ इनकार की बारिश हो रही हो लेकिन जैसा भी था प्रेम वही था। मैंने मौसम को शुरुआती बातें याद दिलाई थीं, उस एक क्षण वह समझ भी गई थी। लेकिन वहीं से, ठीक उसी पल से, हमारा किरदार परिभाषित हो गया था।

'परिक्रमा' में भोजन लग चुका था। मुझे ये तक याद था कि मौसम बाएँ हाथ की उँगलियों से कोई टुकडा उठाएगी। हम चुपचाप थे। कोई बात उठती लेकिन चुप रहने की इच्छा उन बातों को दबा देती थी। हम, जैसे, मन-ही-मन बात कर रहे थे। तबीयत हुई, पूछूँ, "हम किस बात पर अलग हुए थे।" लेकिन यह प्रश्न भी अपराध होता। तय करना मुश्किल हो रहा था कि माफी माँगने का कौन सा मौक़ा निकाला जाए। दूसरे, माफी तो मैं माँग लेता लेकिन माफ कर देने का अतिरिक्त बोझ मैं उस पर नहीं डालना चाहता था।

किन्तु यह तो मुझे जानना था कि क्या पुलिस वाले उस दिन के बाद उसके घर आए थे? या नहीं? लेकिन यह प्रश्न, मैं जानता था, न सिर्फ इस मुलाक़ात को रौंद देता बल्कि इतने वर्षों में भरा, अगर भरा हो तो, घाव खुल जाता। फिर मैं पूरे जन्म के लिए अपराधी हो जाता। यह प्रश्न उससे पूछा नहीं लेकिन मन में उठे इस प्रश्न ने मुझे धीमा कर दिया था। इतना धीमा कि मौसम उठे, मुझसे उठने के लिए कहे—कितना गजब होगा, मौसम उठती है, मुझे भी साथ उठने के लिए कहती है, साथ चलने के लिए कहती है, मैं अनगिनत वर्षों पीछे छूट गए किसी मोड़ तक, जीवन के अन्त तक, उसके साथ चलता हूँ—उठने के लिए कहे तो भी इस प्रश्न की आँच में झुलसकर मैं बैठा ही रह जाता।

शादी के प्रस्ताव से पहले की मुलाकातों में हम कितनी बार एक-दूसरे से कह चुके थे कि हमारी हर मुलाक़ात ऐसी हो जैसे आख़िरी मुलाक़ात हुआ करती है। कोई वादा नहीं, कोई दिलासा नहीं, लेकिन प्रकृति ने हमें एक-दूसरे के प्रति इतना कठोर रहने नहीं दिया। शरीर अपना जादू रच रहा था। आज से पीछे पलटकर देखता हूँ, लगातार देखता हूँ तब वे सभी स्त्रियाँ मुझे तसवीर जितनी याद आती हैं जिनसे मैं मन के स्तर तक जुड़ा रहा। लेकिन मौसम मुझे हू-ब-हू याद है। उसके साथ की अपनी कामनाएँ भी याद हैं। यही तो वह भी चाहती थी।

शादी के प्रस्ताव के बाद उसमें एक बदलाव आने लगा था। वह प्रेम करने के साथ-साथ मेरा खयाल रखने जैसा बर्ताव करने लगी थी। जैसा मैं उन स्त्रियों के साथ किया करता था, जिन-जिन को मैं अलग-अलग समयों पर पसन्द करता रहा था।

मुझे बहुत बुरा लगना चाहिए था अगर स्थिति हमें पलट देती यानी मैं मौसम से उतना ही बेरुखा बर्ताव करता जैसा मेरे साथ होता आया था। लेकिन उस समय होश कहाँ था।

"बताओ कुछ। कहाँ रहे। क्या किया।" मौसम की आवाज दो अलग-अलग वक्तों से आ रही थी।

"नौकरी किया। अभी लम्बी छुट्टी पर हूँ।" यहाँ मुझे खयाल आया कि नजर के दोष मौसम को बताऊँ लेकिन रोक लिया।

"तुम चेन्नई ही रह गए।"

"तुम भी तो दिल्ली में ही रह गई।"

"मुझे कहाँ जाना था।"

इस पर हम दोनों हँसे। पहले उसकी हँसी बजी फिर मैंनें संगत देने के लिए हँसना शुरू किया।

"यहाँ किसी काम से आए हो?"

"हाँ, लेकिन तुमसे मिलने के अलावा भी कुछ काम हैं।"

"अच्छा!" इस 'अच्छा' कहने में भी वही पुरानी रेघ थी।

अब वो नर्म पल आया कि बीती बातों का जिक्र उठाकर 'सॉरी' बोल दूँ। लेकिन यह तय नहीं कर पा रहा था कि कौन सी बात उठाऊँ। रौनक वाली बात सही जगह पड़ती नहीं दिखी थी और उसके बाद जो भी था, याद था लेकिन याद करने लायक नहीं था और याद दिलाने लायक तो कतई नहीं था। मैं उससे क्या बताता! यह कि बीते जीवन को फिर से शुरू करते हैं? या यह कि मेरा गुस्सा उसने पहाड़गंज के होटल वाले पर क्यों निकाला था? ये सब तो वह भी जानती होगी, मैं बताता तो क्या बताता?

रौनक के घर की उस दोपहर के बाद जो महीन बदलाव हमारे बीच शुरू हुए वह दिखने भी लगे थे। मिलने के शुरुआती लम्हें किसी रोष में गुजरते। बढ़त मेरे ही पास रहती और उसके जिम्मे मनाने का काम होता था। आश्चर्य यह कि हफ्तों और कई दिनों के खयालों में जमी मैल तुरन्त मन से उतर जाती थी।

हमारे एजेंडे में फर्क था इसलिए रवैये में भी। मौसम, इसे पुकारना भी कितना अच्छा लगता है और जीवन-भर कितना अच्छा लगते रहना चाहिए था, मौसम का प्रेम पारदर्शी था और साथ रह जाना उसकी कल्पना थी इसलिए वह नित नये दोस्तों से मिलवाती थी। उसके दोस्त जो उससे मुझे लेकर बातें करते, वह बातें बताती थी। उस बताने में कहीं-न-कहीं एक भाव यह भी होता था कि सब हमारे रिश्ते को पसन्द करते हैं। इन्हीं वजहों से शायद वह मुझे अपने घर भी ले जाया करती थी।

दूसरी तरफ, मैं था। अपनी हत्या तो सिर्फ इस वजह से कर सकता था कि प्रेम को समझने में मैंने भूल कैसे की? मौसम को मैं हर किसी से दूर रखता था। जिन दोस्तों से कमरा चाहिए था और जो बड़े रसूख के न थे, उन्हें ढूँढ़ना और उनसे मिलवाना अलग था लेकिन किसी और से मैंने कभी नहीं मिलवाया। उसके भाइयों में जो सबसे छोटा था, अनिर्बान, उसका चेहरा मुझे याद है।

बैरा कुछ मीठे के लिए पूछ रहा था। जबकि वो मुझे बता चुकी थी कि भाई अमरीका में बस गए हैं, फिर भी मैंने पूछा, अनिर्बान कहाँ है?

उसने बताया, 'डेल' में है। क्यों?

"वो मुझे याद है। उसकी ही वजह से हम न जाने कितनी बार चाँदनी चौक जाते थे।"

"हाँ, करीम्स चिकेन का वह अब भी मुरीद है।"

लेकिन क्या वह मुझे इसी वजह से याद था?

होने यह लगा था कि बाद के दिनों में, और यह कितनी खराब बात है कि, मैं मौसम के साथ कुछ ही समय बिताता। उसके शरीर के अलावा कुछ भाता ही नहीं था। साथ घूमना, खरीदारी, घर जाना, दोस्तों से मिलना...कुछ भी नहीं। यह बात वह समझ जाती। एक बदलाव यह भी आया था कि दोस्तों के घर से अलग हम लोग पहाड़गंज के सस्ते होटलों में मिलने लगे थे।

ऐसे ही किसी दिन हम मिले और मिलने की रस्म अदायगी के बाद उसे घर जाने की सलाह मैं देने लगा। कोई फिल्म थी जिसे वह साथ देखना चाहती थी। मेरा हाल यह था कि उसकी लाई टिफिन भी खाने जितना वक्त नहीं देना चाहता था। बात रूखी होती गई थी। कहा-सुनी हुई, याद नहीं लेकिन उसका धधकता हुआ चेहरा याद है। प्रिया सिनेमा पर मैं उतर गया था क्योंकि मैंने किसी को मिलने का समय दे रखा था।

यह सब मुझे क्यों याद है?

कुछ समय बीता होगा। दिल्ली की दोपहरें अकेली नहीं झेली जातीं। मैं बैठा था और दोपहर के बीतने का इन्तजार कर रहा था। शाम के समय मैं मनुहार वाले रास्ते पर निकलता। उसी समय मौसम का फोन आया। उधर अनिर्बान था। मौसम का सबसे छोटा भाई। उसकी आवाज के पीछे से बीच-बीच में रुलाई की आवाज भी आ

रही थी और वह मुझसे जो कुछ भी कहे जा रहा था, उसके बरक्स मैं इतना-भर ही कह पाया था : "तुम अभी छोटे हो।"

अनिर्बान की आवाज मेरा पीछा करती है। उस दिन अनिर्बान की आवाज समय पार कर गई थी और वह अब मुझे अधिक सुनाई देती है। आप मेरी दीदी के साथ ठीक नहीं कर रहे हो, ये मर जाएगी, ये आपका आदर करती है, इसे कुछ हो जाएगा आप समझ क्यों नहीं रहे, चाहे तो दीदी पुलिस में जा सकती है, इसे कुछ हो गया तो अच्छा नहीं होगा देवेन्द्र।

इस वाकये ने हमारा भविष्य निर्धारित कर दिया था। मौसम को मेरे दुख का इल्हाम हुआ होगा : उसकी चहक पुराने अन्दाज पर लौट आई थी। अब मिलते तो बस उसी पल में रहते जिसमें मिल रहे होते थे। शादी की बात दूर हो गई थी।

किसी इम्तहान के सिलसिले में उसे चेन्नई जाना था। उसने घर वालों को मना लिया था कि दोस्तों के साथ जाएगी और दूसरी तरफ, शिद्दत से मेरे साथ छुट्टियों की योजना बना रही थी। वह बार-बार कहती कि ये घंटे-दो घंटे का मामला हमारी जिन्दगी से दूर जाएगा। रेल का टिकट घर वालों को दिखाने के लिए कराया लेकिन हमारी तैयारी थी कि हम दोनों जहाज से जाएँगे और चेन्नई जिएँगे।

लेकिन उससे पूर्व पहाड़गंज का एक होटल हमारी जिन्दगी में आया।

"सी.पी. का एक चक्कर लगाते हैं। क्यों?" उसकी ओर से यह प्रश्न उछला। हम भोजन कर चुके थे। हो सकता है, यह विदा के पहले की भूमिका हो। 'परिक्रमा' इस बीच दो चक्कर लगा चुका था।

टहलते हुए एक चिर परिचित कामना मन में दौड़ गई। उसे मन-ही-मन रखा। डूबते-उतराते कुछ संवाद अब भी हो रहे थे। इत्तेफाक था कि दोनों ने सेंट्रल पार्क की तरफ इकट्ठा ही देखा। दोनों हँसे। दोनों मुड़े और जा बैठे। मैं लगातार यही सोच रहा था क्या इसे मैं ज़रा भी याद नहीं? अगर याद होता तो क्या ये मिलने आती? या क्या पता, आती ही।

शाम गेंद की तरह लुढ़कती हुई नजदीक आ रही थी। बैठते ही मैं लेट गया। इस पार्क में जितने लोग थे सब उतने ही लग रहे थे जितने बीस वर्ष पहले लगते थे, जिन दिनों मैं दिल्ली-ही-दिल्ली किये रहता था।

मैं यह सोचना भी नहीं चाहता था कि आज जब हम यहाँ से उठेंगे तो शायद इस जीवन में कभी इस पार्क में न लौटें। मुलाक़ात जो अभी छीज रही थी वो भी फिर कभी होगी या नहीं। एक चाय वाला आया। यहाँ हमारे बीच का चिराग ज़रा फड़का : चाय। हम दोनों ही इस पार्क का घूमन्तू चाय पिया करते थे। या तो यहाँ की चाय या महीने की शुरुआत हो और तनख्वाह की तपिश तो, सी.सी.डी.। आईरिश कॉफी में चीनी मिलाना मौसम ने ही सिखाया था।

आज भी, बिना कुछ बात किये, इस चाय की चुस्कियों में अतीत को पीता रहा। उससे पूछना चाहता था कि तुम ये लगातार क्या सोच रही हो? लेकिन नहीं पूछ सकता था। ऐसा कोई सवाल नहीं कर सकता था, जिससे लगता, मुझे उसकी फिक्र है। बात का रुका हुआ दरिया बिगड़ जाता।

वो लम्हा गुजरा, जिसके गुजरने का खौफ मुझमें तब से बैठा हुआ था जब से इस मुलाक़ात की कल्पना मैंने कर रखी थी। "चलूँ?" उसने कहा था। मैंने उसे कहते हुए देखा था। "हाँ?" उसने बैठे-ही-बैठे फोन मिलाया। ड्राइवर रहा होगा। उठने लगी।

"दिल्ली में कब तक हो?"

"हूँ अभी।"

"फिर भी?"

"दो-चार दिन।"

"दो या चार?" और उसने बात मोड़ दी। "कहीं छोड़ दूँ तुम्हें?"

"नहीं मुझे मत छोड़ो" यह जाहिरन मैं कहना चाहता था। लेकिन क्या ही मैं और क्या ही मेरा कहना! बताया, किसी का इन्तजार है। साथ ही न जाने किस साहस या कामना के वशीभूत होकर यह भी कह बैठा कि अभी मैं कुछ दिनों के लिए दिल्ली में हूँ। मैं उससे पूछना चाहता था कि क्या मैं तुम्हारे फोन का इन्तजार करूँ? लेकिन नहीं पूछा, अलबत्ता बताया, द्वारका के रेडीसन ब्लू में रुका हूँ। उसने हाथ बढ़ाया, यह कहते हुए : मिलते हैं।

मेरी आँखों की रोशनी इतनी कम भी नहीं थी कि मैं उसे जाते हुए नहीं देख सकता था। अँधेरा उतर रहा था। क्योंकि मेरा फोन बन्द था और मेरे पास टॉर्च भी नहीं था इसलिए एहतियातन मुझे उसकी मदद से इस पार्क से निकल जाना चाहिए था लेकिन ऐन मौके पर मेरी आँखों में पानी भर आया। इस उतराती हुई बाढ़ को उसने भी देखा। उसके देखने को मैंने देखा लेकिन पानी नहीं रुका।

वो चली गई।

उसके विदा होने से लेकर पार्क के बाहर निकलने तक मैं बहुत रोया। फूट-फूटकर रोया। एक सज्जन मेरे पास आकर बैठे। पूछा, चचा, क्यों रो रहे हो? आश्चर्य कि मुझे मालूम नहीं था, मैं क्यों रो रहा हूँ। उनके करीब आकर बैठने से या मेरे रो लेने-भर से, जाने कैसे, मुझे आराम आया। मौसम के सामने रोना शायद हमारी आख़िरी लड़ाई और आख़िरी निर्णय था। मुझे अपने रोने का मलाल भी हो रहा था और नहीं भी हो रहा था। खयाल बड़े तेज अन्दाज में बदल रहे थे। इस भलेमानस ने होटल तक की टैक्सी दिलवाई और बदले में मैं बस उसका नाम पूछ पाया था।

रात गाढ़ी हो रही थी। टैक्सी वाले से कहा, एक बार पहाड़गज दिखा सकते हो। उसने जाम का हवाला दिया। मुझे भी अब न वह होटल याद है, न वह सड़क, न वह जगह याद।

द्वारका पहुँचते ही रेडिसन ब्लू होटल दूर से ही दिखा। जगमगाता हुआ यह सितारा होटल शहर के बीच किसी टापू की तरह था। मैं कमरे की तरफ बढ़ रहा था लेकिन याद आया, कमरे की चाभी रिसेप्शन से उठानी है। वहाँ रिसेप्शन पर मौजूद तमाम स्त्री कर्मचारियों में पता नहीं क्यों और पता नहीं कैसे वह एक बदमाश आदमी भी दिख रहा था जो एक मुद्दत पहले पहाड़गंज के होटल और रिसेप्शन सँभाल रहा था। मैं इधर कमरे की तरफ बढ़ रहा था लेकिन वर्षों पहले का एक वाकया मुझे घटते हुए दिख रहा था, सुन्दर एक स्त्री और अभिमानी एक पुरुष कश्मीरी गेट पर मिलते हैं।

स्त्री लिपट जाती है, पुरुष उसे दूर करता है। वह दूर होती है। ऑटो रिक्शे वाला उन्हें कश्मीरी गेट से पहाड़गंज ले जाता है जो होटलों का समुद्र है।

स्त्री शादी की मनुहार करती है। पुरुष स्त्री पर ही भावनाओं के दोहन का आरोप लगाता है। पुरुष ही रूठता है, स्त्री मनाती है। और लगता है कि सब शान्त बीत गया। घुटते इस संसार में प्रेम का एक और दिन निकल गया।

दोपहर हमें साथ लेकर गुजरने वाली है।

होटल से निकलते हुए, बिल चुकाते हुए हमलोग चेन्नई की योजनाओं पर बात कर रहे थे तभी सीढ़ियों से सटे रिसेप्शन पर खड़े होटल वाले ने अतिरिक्त पाँच सौ रुपये की माँगकर दी। मैं चूँकि बाहरी था इसलिए मेरे पहचान-पत्र की छायाप्रति रखकर वापस लौटा देते थे लेकिन मौसम के साथ यह स्थिति नहीं थी। वो दिल्ली की ही रहनेवाली थी। पहाड़गंज की सँकरी गलियों में होटल वालों का नियम था कि अगर दो पुरुष साथ हैं तो एक के पहचान-पत्र से काम चल जाए लेकिन स्त्री साथ है तो दोनों के पहचान-पत्र लगते थे। स्थानीय लोगों के पहचान-पत्र पर कमरा नहीं मिलता था। एक अनकहा नियम था कि स्थानीय लोगों का पहचान-पत्र रिसेप्शन पर जमा हो जाता और वापसी के वक्त उसे लेना होता था। हम हमेशा ही यही करते लेकिन इस बार पहचान-पत्र वापस करने के ऐन पहले रिसेप्शन वाले ने पाँच सौ रुपये की माँगकर दी थी।

"क्यों?"

"क्यों, क्यों बे? लौंडिया लेकर कमरे में घुसे रहते हो और पूछते हो क्यों, पुलिस बुलाता हूँ तब समझ आएगा कि क्यों" वह चाहता तो आराम से बात कर सकता था लेकिन फिर शायद हम हावी हो जाते।

मैंने जिरह जारी रखी थी लेकिन जेब में हाथ भी डाल लिया था। मेरे हर वाक्य से मामला तल्ख़ हो गया। अन्तिम वाक्य जो उसका था उसमें वह मुझ पर रंडीबाजी का आरोप लगा रहा था। पाँच सौ रुपये का नोट निकाला और देने वाला था कि मौसम ने मेरा हाथ पकड़ लिया।

"नहीं देते" मौसम ने कहा। "रंडीबाजी किस बात पर बोला तुमने" मौसम ने फिर कहा।

होटल वाले को क्या सूझा कि वह भागा। थोड़ी देर में पुलिस वाले के साथ नमूदार हुआ। आते ही उसने पुरानी टेर उठा ली, "मेरे होटल को रंडीबाजी का अड्डा बना रखा है!।" मौसम ने फिर उसे टोका। पुलिसवाला हमारी मदद के लिए नहीं आया था। मैं नहीं चाहता था लेकिन माहौल ऐसा बन रहा था जिसमें मौसम उलझती गई और मैं भी उलझता गया। बात बिगड़ती गई। गाली-गलौज में पुलिसवाले और होटल वाले इतने आगे निकले कि मौसम रोने लगी। मौसम का यह गुस्सा मैं पहली बार देख रहा था।

पुलिस वाले ने मेरा पहचान-पत्र भी रखवा लिया। भीड़ की जोर पर सारे पैसे निकाल लिये। होटल वाले एटीएम भी निकाल रहे थे लेकिन पुलिस वाले ने उसे नहीं लेने दिया। मेरा बैग और मौसम का पर्स भी जब्त हो गया। हमें भगाते हुए उसने कहा था,

थाने से आकर ले जाना तब जानूँगा कि यह रंडीबाजी नहीं कुछ और था। वरना मैं तुम्हारे घर आऊँगा।

हम चुपचाप चले जा रहे थे। मैंने उसे कश्मीरी गेट मेट्रो पर छोड़ा। कश्मीरी गेट तक के ऑटो में भी वह दूसरी तरफ देखती रही थी या घुटनों में सिर को छुपाए रखा था। प्रेम के वश में होकर नहीं बस इनसानियत के नाते मैं मौसम को गले लगा लेना चाहता था। चाहता था कि वह रुके, मेरे कन्धे पर सिर रखे, अपमान को आँसुओं में भिगोकर किनारे कर दे लेकिन मैं नहीं कर पाया। मैं सॉरी भी नहीं कह पाया।

हम दोनों में से किसी ने एक-दूसरे को विदा नहीं कहा था। मशीन की तरह साथ चलते हुए तीन नम्बर गेट तक पहुँचे। मैं रुक गया और वह आगे निकल गई थी। उसने मुझे पलटकर भी नहीं देखा, मैं चाहता रहा कि एक बार वह मुझे देख ले। या मैं उसे देख लूँ। लेकिन नहीं, उसे पलटना नहीं था।

हम चेन्नई नहीं जा पाए। उस अनखुले पत्र को पाने से पहले मैं यह समझता रहा कि मेरे सभी फोन, सारे मेल्स अनुत्तरित रह गए थे। आज इस रोशन होटल में मैं बिस्तर पर लेटे खुद को टॉर्च की तरह जलते हुए देख रहा हूँ। रोशनी बाहर है और राख भीतर। दीवाल पर मेरी रोशनी में अनेक दृश्य जन्म लेते हैं लेकिन किसी भी दृश्य में वो पलटकर देखती नहीं। अन्धेपन के शुरुआती दिनों में यह खयाल हमेशा पास रहता था कि वर्तमान ही नहीं शायद अतीत दिखना भी बन्द हो जाए। लेकिन धुँधले रंगों वाला अपना अतीत आवाज की तरह निथरता जा रहा है। ऐसे में सोचता हूँ, जब मैं पूरी तरह रोशनी

के बगैर हो जाऊँगा तब मेरे मन में कोई दृश्य जरूर उभरेगा। उस दृश्य में वह मेरी तरफ देखेगी। मेरा हाथ दबाएगी। अगर गले लगना चाहा तो क्या कहने! लेकिन अपने बीच की बढ़ आई दूरियों के नाते कन्धे-से-कन्धा भर भी छू ले तो उसे गले लगा लूँगा। रोशनी विहीन जीवन की कामना यों भी तो हो सकती है।

[कथा शीर्षक, शरद बिल्लौरे की कविता 'तय तो यही हुआ था' से।]